KB065697

문학과지성 시인선 314

어둠과 설탕

이승원 시집

문학과지성사

문학과지성 시인선 314

어둠과 설탕

─────────────────────────────

펴낸날 / 2006년 3월 10일

지은이 / 이승원
펴낸이 / 채호기
펴낸곳 / ㈜문학과지성사
등록번호 / 제10-918호(1993. 12. 16)

서울 마포구 서교동 395-2(121-840)
편집 / 338)7224~5 FAX 323)4180
영업 / 338)7222~3 FAX 338)7221
홈페이지 / www.moonji.com

ⓒ ㈜문학과지성사, 2006. Printed in Seoul, Korea

ISBN 89-320-1678-X

─────────────────────────────

문학과지성 시인선 314

어둠과 설탕

이승원

2006

시는 세계와의 관계를 위해 목소리의 빈곤을 택하는 것을 거부하고 오히려 목소리를 내기 위해서 관계를 무시하는 행위를 수반한다. 분방한 언술은 세계를 부정하고 자아와 분리하는 시점에서 발생하는 것이다.

시가 정념을 찬양하는 것은 빛과 소금에 의미와 가치를 부여하는 사회에 저항하고 그 구조를 냉소하는 데 뜻이 있다. 진리란 인간의 심사를 불편하게 만든다. 따라서 소명과 계시는 바로 자신이 스스로에게 내려야 한다. 도저하게 그리고 유장하게.

2006년, 봄이 오는 성북에서
이승원

어둠과 설탕

차례

시인의 말

나의 아버지에게

제1부
메갈로폴리스 소돔–고모라–고담–씬 시티

나의 사랑하는 탈근대 도시

이 이야기는 실화를 바탕으로 구성된 것이다

세계의 고아 같은 한 청년이 있었다 그는 오래되고
일견 가치 없어 보이는 것들을 사랑했다 예컨대 마장
동 우시장 소머리 구경 같은 것을 즐겼다는 얘기다 공
장의 불빛이나 낙조의 고깃배를 찬미하는 예술가들처
럼 구경도 못해본 사막을 노래하는 딜레탕트처럼

어느 날 그가 옛감옥과 신학교와 터널이 있는 거리
의 언덕에 다시 올라가 보니 서대문의 파르테논 신전
인 금화아파트 열아홉 개 동이 모두 헐려서 사라진 것
이었다 저물녘에 피흘리던 그 건물들을 그는 썩 좋아
했었다 상업은행의 일출과 뉴코아 얼룩말만큼이나 삼
풍상가 풍전호텔이나 장충동 타워호텔만큼이나

그는 자아 성찰을 할 때마다 달을 타고 청계고가로
를 달리는 짓도 일삼았는데 달은 고가가 끝나는 지점
에서 태양아파트와 경남아파트를 우회해 경원선 철길
이 지나는 굴다리에 삽입되었다 굴다리 너머에는 붉은
빛의 강가에 푸른 치즈의 궁전이 있었다 어차피 청계

고가로는 왕이 되려다 머리가 부서진 남자가 도시의 동쪽 끝 호텔에 가기 위해 지은 것이다 그러나 청년은 이제 서서히 자신이 아끼는 것들이 파손되는 광경을 회색시대의 붕괴를 지켜보았다 아마 이 도시가 자신의 것이라고 오해했던 모양이다

다음은 그가 쓴 공상의 줄거리이다

어느 도시에 바퀴벌레가 창궐해서 그 추정치수가 도시 인구 천배에 육박했다 시청 공무원들이 편두통을 앓았지만 어떤 방역 회사도 그것들을 박멸할 수 없었다

허름한 차림의 색소폰 부는 사나이가 시장 면담을 요청했다 그는 자신이 모든 바퀴를 제거해주마고 제안했다 사나이의 말에 따르면 그는 런던 지하철 쥐들과 미국 남부 살인벌떼를 퇴치한 경력이 있었다 해충 방제의 대가로 시에서 후원하는 재즈클럽을 원했다

시장은 흥분했다 바퀴벌레를 없애주면 축구 스타디움을 재즈 공연장으로 내주겠소

색소포니스트는 거리를 행진하며 연주를 시작했다

흑갈색 일본 바퀴들이 아파트 단지에서 기어나왔다 암갈색 먹바퀴떼가 음식점에서 몰려나왔다 줄무늬의 작은 독일 바퀴 무리가 박물관과 기업의 사무실에서 쏟아졌다 광택 있는 적갈색의 커다란 미국 바퀴 행렬이 호텔과 종합 병원과 하수구를 떨치고 사나이를 따랐다 모두 은신처에서 자신의 알을 먹어치운 뒤였다 양춘가절에 그것들은 도시를 가로지르는 인공 하천에 빠져 몰살했다

시장은 바퀴벌레가 사라지자 3급수 수질을 유지하기도 버거운데 시정 예산을 낭비하게 되었다며 트집을 잡았다 죽은 바퀴들이 좀비가 될 리는 없으니까 결국 단위 명칭이 절하된 화폐 오천 원을 던져 주었다 악기나 하나 사세요

사나이는 수금을 거절하고 시청을 나와 변주를 시작했다 바야흐로 잼세션이 시작된 것이다

도시의 도처에서 가임 여성들이 가두로 진출하기 시작했다 여학생들이 회사원들이 가정주부들이 자영업자들 군인 경찰 공무원 교수 교사 의료인 법조인 언론

인 건축가 국회의원 패션 디자이너 연극배우 영화감독 소설가 평론가 화가 큐레이터 사진가 만화가 기악 연주가 성악가 국악인 발레리나 운동선수 카 레이서 여객기 승무원 공원 무직자 외국인 비구니 수녀 창녀 기관원 간첩 노숙자에 정신질환자까지

春來不似春 길옥윤과 이봉조의 유령이 도시를 지배했다

입원한 환자와 수감된 죄수 청각 장애인과 동성애자 초경을 맞지 않은 어린이 폐경이 지난 늙은이만 도시에 남았다 삼백만 명이 실종되었다

고도 비만으로 퍼레이드에서 낙오된 여성에게 인터뷰가 쇄도했다

그 목관 악기는 암시를 주었어요 메타포였죠

저를 낙원으로 데려가준다고 약속했는데 그곳에서 특별한 아름다움과 남다른 기쁨을 누리며 여왕처럼 공주처럼 살 수 있다고요

남성 본위가 아닌 사회 일주일에 나흘이 휴일인 직장에서 자신이 좋아하는 일을 하고 예쁜 옷을 수백 벌

구입할 급여를 받는 곳

　게다가 항상 먼 데를 바라보고 있는 듯한 눈빛의 남자를 만날 거라고요 그는 자상하고 박력 있으며 우아하고 세련된 지성인이랍니다 노래를 잘 부르고 모든 운동에 소질이 있으며 키가 크고 복근이 단단하며 울퉁불퉁하고 밤이면 올림픽 성화처럼 타오르죠 그런데도 나 한 사람만을 쳐다본대요 그곳에 가면 저도 다이어트에 성공해서 날씬해진다고 했는데

　정부는 국가 비상사태를 선포하고 대국민 성명을 통해 여성 이민을 적극적으로 개방해서 성비를 맞추겠다고 긴급 발표했다

　청년은 공상을 완성했지만 주위 반응은 냉담했다

　첫째 독일의 전설과 로버트 브라우닝의 저작을 표절했다는 의혹이 일었다 청년은 이것은 풍자 즉 패러디다라고 맞섰다

　둘째 언술이 진부하고 상투적이라는 지적이 있었다 청년은 의도적 클리셰이기 때문이다라고 반박했다

셋째 이야기 구조가 조야하다는 비판이 제기되었다 청년은 의식적으로 키치적인 구성을 취했다라고 쐐기를 박았다

넷째 여기저기서 가져다가 짜깁기한 소재나 표현이 전혀 신선하지 않다는 비난이 나왔다 청년은 혼성모방 즉 패스티쉬 기법이 기시감을 주는 것은 당연하지 않은가라고 반문했다

다섯째 특정 정치인을 조롱하는 인터넷 게시물들과의 변별점은 무엇인가라는 질문이 던져졌다 청년은 시장의 존재는 맥거핀일 뿐이다라고 답변했다

마지막으로 이것은 요설인가라는 화두가 떴다 청년은 여기에서 해학과 엘레지의 고갱이를 보지 못하는 것은 당신의 문제이며 나의 세계와는 상호 길항한다라고 설파했다

이야기는 여기까지다

청년에 대한 후일담은 아직 들려오지 않는다 그의 공상 속 색소포니스트를 따라간 여자들의 소식처럼

어쩌면 붉은 빛의 강가 푸른 치즈의 궁전에서 회색
시대의 멸망을 애도하며 트럼펫을 불고 있을지도 모르
겠다

어둠과 설탕

　정오부터 오후 세 시까지의 이상한 시에스타가 끝
났다
　성전 휘장이 두 갈래로 열리면
　그가 꿈꾸는 것 위에 다른 이름이 그려진다
　이름은 쓸데없이 많은 가죽을 낭비해 그를 언 손으
로 만든다
　언 손으로 검은 제복 차려 분쟁이 파도치는 태평로
를 걷게 한다
　그는 악역이다 매운 라면을 들이켜는 서민이다
　노동의 휴게실 언덕의 동굴이 그의 집이다
　쾌락 궁전이 아닌 계단 옆 건조물이 그의 것이다
　화폐에는 장군과 왕이 교수의 초상이 있다
　그가 꿈꾸는 것 위에 다른 이름이 그려진다
　이름은 소녀를 사고 적을 묻는다
　상어와 전복을 탐한다 소리를 여러 조각으로 나눈다
　어동육서 두동미서 잊고 니시신주쿠 파크 하얏트에
오른다
　분홍 셔츠에 비리도록 흰 바지 부려 세이셸 섬을 배

회한다
　옥탑에 들어차는 빛 말고 玄室의 황음을
　쓴 소금보다 아편을 빵이 아닌 과자를 가진다

내리막길의 푸른 습기

밤이 산책을 제안했다
소용돌이 같은 검은 웅덩이에 바늘이 내려졌다
나는 부름에 응답했다
가지마다 전구를 감아 빛나는 호텔 정원수들과
치과 의원 건물을 뒤로하고
즐비한 저택들 사이를 내려갔다
처음 오는 택시 기사들이 놀라거나 분노하는 길을
그들은 대개 이곳에 누가 사는가를 물었고
나는 대답하지 않았다
외교관저 의경들은 아그리파 두상의 표정을 가졌다
밖으로 나오거나 집 안으로 들어가는 사람은 보이지
않았다
바람을 타고 샴푸 냄새가 다가왔다
가끔 자동차가 망설이며 질주했다
갈림길에는 눅눅하고 서늘한 빈집이 있었다
그곳은 이십 년 동안 아무도 살지 않았다
저택의 노란 불빛에 빈집의 푸른 암흑에
다리는 침대를 찾아 흔들렸다

경비 초소는 모퉁이마다 있었지만 경비원은 보이지
않았다
    이정표처럼 환한 소음과 반짝이는 간판들이 나타났다
    소방서가 모습을 드러냈다
    그 거리는 언제나 밤을 거세하며 흘러갔다
    나는 잠 속에서 다른 길이 될 수 없었고
    꿈꾸는 동안 나이를 먹었다

143번 버스

늦은 저녁 차는 아파트만으로 이루어진 지역을 떠나 시내로 들어가기 시작했다

고층건물은 밝고 차가웠으며 텅 비어 있었다 오래된 학교들은 고요한 상태를 유지했다

풍요와 아름다운 것을 혼동하는 거리에서 백화점은 내부의 전등이 아닌 밖의 조명으로 제 몸을 환하게 비추었다

고급품의 상점들이 스칠 때 갈증이 나기 시작했다

곧 이전보다 더 넓은 아파트의 숲이 나타났다

차는 그 속을 유연하게 항해했다 숲을 빠져나오자 고속버스 터미널이 보였고 그것은 큰 다리를 지난다는 신호였다

가로로 열린 강을 건넌 뒤

도심의 옛집과 성당이 우체국이 그림책처럼 펼쳐졌다

터널 안에서 창문은 거울로 변했다 버스는 이내 산을 통과했다

죽은 자들의 시가지와 술집의 길목과 수술대가 모여 있는 대학 병원이 지나갔다

고개를 넘을 즈음 안경은 얼룩지고 구두는 땀에 젖
었다

나는 살아 있는 것이다

이 버스는 예전의 사랑처럼 얼굴을 바꾸었다

과거에 이것은 710번이라 불렸다 이제 종점으로 향
할 것이다

모노폴리

아편 유도체인 모르핀은 1805년 헤로인은 1889년에 합성되었다

흰 새는 밤을 향하고 검은 새는 낮을 쫓는다

제임스 랜싱은 1944년 알텍에서 604 듀플렉스 유닛을 개발한다

1946년 JBL을 설립하고 1949년 자살한다

좋은 시인은 죽은 시인이다

보스 901 스피커는 1968년에 발명되었다

너는 자신이 누구라고 생각하는가

1970년 4월 8일 와우아파트가 붕괴되어 서른세 명이 사망했다

나는 언제 죽는가 최후는 편안할 것인가

콜트사와 면허 계약을 맺은 국방부는

1972년 M16 소총 공장을 세웠다

마귀들이 너의 도시를 버렸으니 공포와 경악과 조소가

빌리 그레이엄 목사는 1973년 내한하여 여의도광장에서 5월 30일부터 6월 3일까지 전도대회를 열었다

'소똥을 잘라라'는 '웃기지 마'로 의역된다

남산 제3호 터널은 1978년 5월 1일 개통되었다

롯데백화점 본점은 1979년 12월 17일 개장했다

반포 고속버스 터미널 경부선 건물은 1981년 10월

20일 광화문 교보빌딩은 1984년 12월 28일 준공되었다

이 도시는 산소 부족의 빈혈 상태다

만리장성은 훼손된 주검보다 더 구역질난다

근미래의 서울

이 도시는 연중 삼백 일 이상 비 올 확률 백 퍼센트
새우 시체가 부유하는 튀김 우동은 수증기를 내보
이고
마스카라와 아이섀도가 번진 몸무게 사십이 킬로그
램의 매춘부는 파란 비닐우산을 들고 편의점 앞에 서
있다
축축이 젖어 털이 곤두선 시궁쥐들이 교미를 하고
각각 무릎 위로 짧게 그리고 복사뼈를 덮게끔 교복
치마를 수선한 여고생 두 명이 벤슨 앤 헤지스 담배를
피우며 그 광경을 바라보고 있다
비에 젖은 풀잎처럼 곱게 빗은 단발머리는 아니다
다리를 저는 젊은 사내가 운영하는 레코드점에서는
도어스의 「라이더스 온 더 스톰」이 흘러나오고
더러운 컨버스 올스타 하이탑 농구화와
1979년산 리바이스 오공오 청바지는 물을 먹는다
속눈썹 사이로 물방울이 흐르고
아무도 히치하이커를 차에 태워주지 않는다
뒷골목 폐차 안에는 난자 당한 소년의 시체가 이틀

째 방치되어 있다

　피로 심판 받았다면 물로써 정화되어야 한다

　쓰레기통 곁에 주황색 얼룩의 패드만 발에 밟힌다

　티브이 시청도 싫증 난 젊은 실업자는

　주차된 아버지의 차 안에 앉아 와이퍼를 계속 작동
시키고

　시내는 항상 교통 체증이다

　택시를 잡으려는 여교수의 안경이 얼룩진다

　축구를 할 수 없는 청년들은

　친구 집 차고에 모여 마샬 앰프와 워시번 전기 기타
와 타마 드럼을 가져다 놓고 합주를 한다

　유원지에는 레인코트를 입은 여자가 울면서

　혼자 회전목마를 타고 있다

　폭력 조직의 두목들은 호텔 스카이라운지에 앉아

　우중 도시의 전망을 보며 협상을 벌인다

　브레이크를 밟다가 미끄러진 모터사이클 운전자는

　깨진 헬멧과 함께 일어날 줄을 모른다

　화교들이 모여 사는 거리의 삼층 다락방에서는

대마초 연기가 눈을 따갑게 하고

화창한 맑은 날엔 리비도가 저하되는 성도착증 환
자는

낡은 가죽 재킷을 맨몸 위에 걸치고

입주자들이 모두 떠난 폭파 예정인 아파트를 배회한다

밤새 벼락이 친다

정육점의 예수

저녁이 오면 정육점은 진열대의 사골에 빨간 네온을
켠다 예수가 사지를 늘어뜨리고 냉동 창고 갈고리에
걸려 있다 목자는 피 묻은 앞치마를 두르고 작두를 든
다 창세기머리 출애굽기등심 사도행전안심 시편갈비
마태복음양지 고린도도가니 누가복음사태 요한계시록
꼬리 비만의 신도들이 내는 헌금에 알맞게 일용할 복
음을 부위별로 자른다 반복되는 식탐, 전기 톱니는 돌
아간다 어린양들아 너희는 집으로 가서 이 지방을 전하
여라 비곗덩어리들이 모여 고기를 굽고 있을 때 예수가
출몰했다 내장을 들어 축복하고 그들에게 떼어 나눠 주
었다 육식의 향연, 받아먹어라 이것은 나의 기름진 몸
이다 소식과 다이어트를 외치는 자들에게 돌을 던져라
우시장의 소는 성서에 기록된 대로 도살장에서 푸줏간으
로 죽음의 길을 가겠지만 채식을 주장한 사람은 화를
입을 것이다 심판의 날이 오면 그들도 칼로리를 계산
하지 않으리니 육체의 확대, 복부와 둔부를 살찌워라

아이콘

J의 엄마는 미혼모였다 어느 얼뜨기가 그녀를 받아들여 같이 살았다 의붓아비는 토목공이었다 병원에 가지 못해 가축우리에서 태어났다 자라면서 가출을 한번 했는데 갈 곳이 없어 교회에 무단 침입했다 서른이 될 때까지 아무것도 안 했다 아무것도 안 할래 아무것도 하지 않고 가만히 있을래* 어느 날 몽상이 늙은 백수건달의 머리를 망치로 뽀겠다 히피가 되는 거야 사막으로 나가 코카인과 헤로인을 번갈아 하고 명상 중에 악마를 보았다 접신을 하고 초능력을 얻었다 무당이 된 그는 낙오자들을 끌어 모아 교주가 되었다 엘에스디를 왕창 먹여서 환상을 보여주고 가끔 흑마술을 부려 물 위를 걷기도 하고 주문을 외워 시체를 좀비로 만들기도 했다 그렇지만 무엇보다 패거리들을 사로잡은 것은 그의 달변이었다 항상 주변에 유령이 출몰하고 더러운 비둘기가 맴돌았다 매춘부를 좋아해서 자주 그녀들과 어울렸다 세력이 점점 커져 히피교주를 숭배하는 무리가 늘어갔다 그는 스타가 되었다 식민제국주의를 타도하자며 무산 계급 기층 민중을 옹호했다 체제 전복을

기도했고 이내 체포되었다 생쥐떼 같은 대중은 그를
배신하고 법원은 대신 연쇄살인자를 사면했다 내란 음
모죄로 사형이 집행되어 전기의자에 앉았다 일 분을
태우고 청진기를 대보았다 여봐라 저놈을 더욱 지져라
눈알이 튀어나오고 입에 게거품을 물었다 그는 죽고
나서 더 유명해졌다 며칠 뒤 좀비가 되어 공중 부양
후 미확인 비행물체를 타고 사라지며 말했다 아일비백
신드롬이 형성되고 전기가 출간되고 추앙하는 자들이
늘어갔다 요술왕자 겸 사회주의자 히피교주 때문에 살
육과 전쟁이 일어났다 그의 적자라 주장하는 새끼들이
부지기수였다 그들은 교주를 팔아 많은 돈을 벌었다
J를 전기구이로 만든 의자는 성물이 되었다

 * 그룹 코코어의 노래 「잠수」에서 인용.

드라이브 바이 슈팅

 메갈로폴리스는 사격장이 되었다 청년은 혼다 어코드를 깨우라고 닦달한다 운전석에는 노란 색안경을 낀 필리핀 소년이 있고 엔진은 기지개를 켠다 레이븐 암스 25구경 피스톨을 차고 우지 9밀리 기관단총과 모스버그 12게이지 산탄총은 뒷좌석에 태운다 심장을 향하는 혈액처럼 교외에서 도심으로 가는 도로를 탄다 범퍼 스티커에는 고딕체로 **넌 가짜야**라고 박혀 있다 행인들에게 각자 점수가 매겨진다 그들의 머리는 붉은 액체가 가득한 풍선 큐빅의 예각이 태양을 반사하듯 상점의 통유리는 네온의 세례를 받아 눈부시다 익명의 강물에 카누를 저으며 생명을 강탈하는 저격수 이마를 뚫은 탄환은 검고 붉게 뒤통수를 흩어버린다 총성과 피와 액셀러레이터의 급발진음에 건물들이 소스라친다 선명히 빛나는 간판을 가졌으나 초라한 새벽의 편의점처럼 이 도시는 따분하다 날짜 지난 신문지같이 지루한 거리들 그는 지구를 구하라는 명령을 받은 적이 없다 고모라엔 심판이 내려지고 청년은 그저 총질이나 할 수밖에 마지막으로 제집 현관에 서 있는 소녀

를 쏘고 도심을 떠난다

재퍼니즈맨 인 서울

　니혼진이 조선호텔 로비에 앉아 있다 태평양 전쟁 시 발매된 리바이스 501을 입고 니혼진이 명동 전주 중앙회관에서 비빔밥을 먹고 있다 원화 환율은 계속 떨어지고 한국 여행은 저가 상품으로 각광 받는데 아버지가 기생 관광하던 시절은 가고 니혼진이 봄비에 젖으며 하월곡동 집창촌 골목에서 여자를 고르고 있다

　술 취한 저녁 지평선 너머로 니혼진의 긴 그림자가 넘어진다 곱창전골과 간장게장으로 포만한 니혼진의 배 위로 보름달이 떠오른다 할아버지가 입궐시킨 동물들은 어디로 갔을까 호치민시의 프랑스인처럼 향수에 젖어 니혼진이 담배를 피운다 종이 가방과 함께 돌아오는 일행을 보며 니혼진이 다찌를 이불처럼 덮으며 잠드는 밤 니혼진은 떠나기 위하여 서울에 잠시 머물고 다찌는 「돌아와요 부산항에」를 부른다

　니혼진을 환영하는 음식점은 즐겁고 니혼진을 환영하는 의류점은 더욱 즐겁다 니혼진을 안내하는 가이드

는 즐겁고 니혼진의 물받이가 되는 여자는 더욱 즐겁
다 우리는 정신대 노파의 한 따위에는 아무 관심도 없
으니 니혼진의 현지처는 행복하고 한국관광공사는 더
욱 행복하다

가상 자아의 세계적 유형

「가상의 자아」 확장 버전 「가상의 자아 '세계'」가
출시되었다

STAND BY

　주의
　이 가상현실 쌍방향 오락은 성인용이며 음주 조종은
금지되어

　PLAY

　나는 평범한 회사원이다 두 시간이 걸려 귀가하니
　여섯 살짜리 딸아이가 아빠 전민호하고 곽지용하고
고상민이 머리에 케첩을 뿌렸어 선택지는 세 가지 내
일 부모 참관 수업에서 교사에게 건의한다 아이들을
타이른다 부모들에게 항의한다
　거부를 누르고 국면을 바꾸자 모교의 교수가 된다
　창작 실습 강좌 강강술래 모닥불 피워놓고

윤무한다 어떤 자는 노를 젓고

어떤 자는 빙빙 돈다고 가르친다

대개는 분수를 모른다

발딱 일어나 저에게만 애정＋를 주세요라고 지저권

다 학점 기준표를 찢는다 교재 밑에 밀거래한 Tec-9

경기관총 벌떡 일어나 난사의 속도를 가진다

허리가 꺾어지며 여학생이 부르짖는다 엄마

열쇠말 엄마 없는 세계는 지옥

나는 제국의 대사관에 취직한다

종합 병원 약제실의 창구처럼 줄이 길다 지문을 판

화로 만든다

흰 얼굴의 선배가 묻는다 이게 무슨 냄새야

점심시간이 되어 도시락 가방을 열자

AK 47과 김남주 시집이 나온다

열쇠말 피다 꽃이다 꽃이다 피다

탄창은 피다 탄환은 꽃이다 그것이다

관저의 움직이는 물체를 모두 정지시키고 6차선 도

로에 진출하자 장군의 우상이 조각난다

열쇠말 주상은 무치다

아 나는 멀리 왔다 기록을 갱신했다

수하의 해커들이 제국의 핵기지 전산망에 침투했다

교란된 누클리어

열쇠말 초토 황무지

내셔널리즘의 영웅이 된다 포토맥 강가에서 노래한다

벅차게 노래 불러 외치는 뜨거운 함성 짧았던 내 젊

음도 깨치고 나가 끝내 이기리라 나의 조국 길이 빛나

리라

열쇠말 육체의 판타지

여배우 이양 손양 한양 후에끼상

소설가 듀씨 화가 랭씨 중에 고르시오

난이도가 높다 기회를 사용한다 모든 성과를 버리고

의사에서 전사로 돌변한 체씨 위상으로 전문 투견으

로 간다

열쇠말 에로이카

영웅 하면 보나파르트 피델 치민 오사마

날아간다 러시아의 체첸과 중국의 위구르를 돕는다

유태인을 괴멸한다 싹 잡는다 몽땅 따먹는다
내가 나다

조정 부분이 잘못된 연산을 수행하여 오류를 일으켰
습니다 재부팅을 원하면 확인을 누르십시오

1978년 6월 서울역*

젖어 흘러내린 머리칼을 물고
우산 다발을 팔에 낀 소녀
낡은 바지와 윗도리에 꽃 그림이 만개했다
소녀가 든 비닐우산은 역 광장에 핀 파란 국화
부서진 우산살처럼 여윈 몸이 장마에 감긴다
서글한 눈매 글썽한 동자로
비바람 부는 세상에 던져졌다

침묵으로 소리친다 우산 사세요 우산 사세요

* 김기찬 사진 「우산 파는 소녀」(1978).

42

H

H는 그전하곤 달라졌어

향긋한 늦봄 소월길을 걷다가 힐튼호텔 앞에서 그와
마주쳤어

얼굴이 좋아 보이더군 모두가 좀 달라졌어

미군 야전 상의와 헝겊으로 지은 검은 농구화는

어딘가에 벗어던지고 마크 제이콥스 저고리 아래로

테스토니 '당신의 자아'를 신고 있었어

차를 마시자며 로비 라운지로 나를 이끌었어

그는 이전처럼 담배를 피우지도 술을 마시지도 않
았어

이 무엇이라고 말할 수 없는 도시의 강 남쪽으로 이
사했다더군

그리고는 장 콕토와 장 주네

허버트 마르쿠제와 허버트 마샬 맥루한에 대해 말
했어

그는 그전하곤 달라졌어

「택시 드라이버」나 「트루 로맨스」는 더 이상 흥미
없는 영화라며

안드레이 타르코프스키와 잉그마르 베르히만 얘기
를 했어

비스티 보이스 음반은 외조카에게 모두 주었고

윈턴 마샬리스와 마일스 데이비스

라테 에 미엘레와 안토니오 카를로스 조빔을

1분에 33과 3분의 1회전하는 판으로 듣는다고 했어

지난 애정사가 외형적으로는 르네 마그리트 유화

「연인들」과 「불가능한 시도」였고

내면적으로는 아라키 노부요시 누드 사진이었다고
자평했어

그러나 이제는 내외적으로

적 스터지스 누드 사진처럼 되었다며 웃었어

그가 달라진 것은 그것만이 아니야

다이어트는 그만두고 미식을 즐긴다더군

이탈리아제 승용차를 구입하려 했지만 자금 압박이
커서 소박하게 스웨덴산으로 선택했다고 얘기했어

나는 외관상으로는 냉홍차지만

내용면에서는 럼과 진과 데킬라와 보드카의 총합인

롱 아일랜드 아이스 티를 세 잔째 마시고 있었어

내외적으로 취기가 올랐어

나는 즐겨 먹는 음식이 있고 좋아하는 색깔이 있고 좋아하는 그림이 있고 좋아하는 영화가 있다고 해서 그게 능사가 아니라*고 말했어

주스를 마시는 표정을 보고

나는 그가 속으로 나를 조소하고 있다는 것을 알았어

H는 그전하곤 달라졌어

이제 원산지가 타이완인 세엽혜란 달마와

영국에서 수입된 러시안 블루 고양이를 길러

오늘의 종합 주가 지수는 15.41포인트 상승한 876.67이라고 얘기하더군

하락 종목과 코스닥 지수와 다우존스 나스닥 닛케이까지 주워섬겼어

두 달 뒤에 런던에서 케이프타운을 경유해 모리셔스로 간다고 말했어

르생 제랑 리조트 호텔에서 온천욕을 할 거라는군

그곳에서 들을 스테팡 폼푸냑이 믹스한 호텔 코스테

와 끌로드 샬의 부다 바 앨범들을 샀다고 얘기했어 나
는 H가 두려워졌어

    * 김영수 사진집 『떠도는 섬』.

明

1

라쿠치나 이탈리아 요리   전채 해산물 모둠 2만 원

전채 해산물 스파게티 3만 원

메인 농어구이 4만 원

메인 송아지 스테이크 4만 원

디저트 아이스크림 만 원

라마띠에 프랑스 요리   전채 푸아그라 3만 원

전채 랍스터 수프 2만 원

전채 라비올리 2만 원

메인 메로구이 4만 원

메인 쇠고기 안심 스테이크 4만 원

메인 양고기 찹 스테이크 5만 원

메인 농어와 도미 로스트 5만 원

팔선 중국 요리   제비집 7만 원
                 상어 지느러미 6만 원
                 점심 세트
                 1인 5만 원~8만 원
                 저녁 세트
                 1인 8만 원~21만 원

야나기 일본 요리 초밥 4만 원
                 아카미 기모후리 오도로
                 방어 연어 피조개 전어 고
                 등어 학꽁치 단새우 붕장
                 어 갑오징어 개불 복백자
                 연어알 청어알
                 활어회
                 1인 10만 원
                 도다리 농어 민어 전어 방
                 어 참돔 전복

2

도쿄 아카사카 뉴오타니

도쿄 최대의 호텔 수백의 객실 수십의 식당과 상점
이 있다

객실은 다시 싱글에서 스위트 21층의 여성 전용까
지 서른 가지 종류로 나뉜다 신관과 구관을 연결하는
중앙에는 넓은 일본식 정원이 있으며 정원 안에 수영
장이 있다

도쿄 히비야 임페리얼 일명 데이고쿠

1890년 개장한 도쿄 최초의 호텔 전통과 격식을 갖
추었으며 서비스가 완벽하다 본관 17층과 타워 31층
으로 이루어져 있다

히비야.공원의 긴자 방향 맞은편에 위치한다

오사카 남쪽 시라하마 가와큐

88개의 전 객실이 스위트인 호텔 태평양과 맞닿은 시라하마에 위치해 풍광이 좋다 벨보이가 기모노를 입고 고객을 응대한다

　부대시설에 노천 온천이 있다

　비고: 객실 숙박 요금은 1인 3만 5천엔부터 시작한다

　　　3

　윌슨 오디오 System 7 스피커

　냉정하고 정확한 음상과 고해상도를 추구한 명기

　현대 미국 하이엔드 오디오의 결정체이며 스피커의 최고봉이다

　임피던스 4옴 감도 92데시벨

　가격 3천3백만 원

　퀴드 ESL 989 스피커

ESL 63에 진동판의 면적을 확대해 저음역을 보강
했다

광대역을 자랑하는 완전 정전형 스피커이다

단자 옆에 전원 스위치가 달려 있으며 전원 케이블
은 탈착이 가능하다

미세한 음량에서도 해상력이 줄지 않는다

임피던스 8옴 감도 86데시벨

가격 천만 원

마크 레빈슨 390 SL 플레이어

디스크에 담긴 모든 정보량을 빨아내는 완벽한 CDP

원음을 고스란히 프리 앰프로 전송한다

가격 천만 원

제프 롤랜드 Synergy 2-1 프리 앰프

1996년 탄생한 시너지의 개량형이다

와이드밴드 라인 트랜스포머 탑재

튜너 대역의 노이즈를 삭제하고 진동을 제어하는 새

시를 채용했다
　가격 천백만 원

SST Ampzilla 2000 파워 앰프
패널 디자인에 모노럴 구성
아름다운 매력을 지닌 파워 앰프의 예술품이다
제작자 제임스 봉주르노에게 경의를 표한다
출력 8옴시 200와트 4옴시 400와트
가격 천만 원

　4

강남구 삼성동 현대아이파크
55평 하한가 16억 원 상한가 18억 원
59평 하한가 18억 원 상한가 20억 원
63평 하한가 20억 원 상한가 22억 원
65평 하한가 21억 원 상한가 23억 원

73평 하한가 25억 원 상한가 27억 원

81평 하한가 27억 원 상한가 30억 원

88평 하한가 28억 원 상한가 29억 원

96평 하한가 31억 원 상한가 35억 원

104평 하한가 37억 원 상한가 38억 원

暗

꿀의 노동자

검은 숲 사이를 연 곧은 길 위에 비가 스민다
하현달의 갈기에 금환 일식의 동공에 분수가 뿌려
진다
붉고 탄탄한 소파에 피가 묻는다
시큼하고 달콤한 언덕에 젖이 흐른다
입을 다문 키조개에 만조의 바다에 체액이 녹는다

거리의 왕

길을 잘못 들었네요 여긴 234번지에요 길 맞은편은
H가 이쪽은 I가 강을 건널 예정이라구요 아 저 친구가
줜 거요 등산할 때 나뭇가지 자르는 건데요 지금은 다
른 용도로 쓰일 거예요 내가 든 야구 배트처럼요 뭐하
는 거냐구요 어릴 때 개구리 괴롭혀본 일 있나요 아니
면 중학교 생물 실험 시간에 이 차가 얼추 그 양서류

처럼 보이는군요 우린 진정하려고 노력 중이에요 당신
여자는 아주 좋은데 서로 어울리진 않네요 뭐라구요
르 몽드 에 프르와, 상 피티에·에스 온 문도 쁘리오, 씬
삐에다* 이래도 계속 잘난 체할 건가요 이런 두 사람
피에 젖었군요 저녁에 본 영화에서처럼 제목이 꿀의
노동자였던가 우린 진정하려고 노력 중이에요 내 레드
윙 안전화와 친구의 팀버랜드 작업화가 더러워졌잖아
요(비싼 건데) 현금만 가질래요 전화기 배터리도 같이
그녀는 깨우지 말아요 사은품으로 받을 거예요 몇 발
짝만 가면 업자가 짓다 말고 방치한 가옥이 있어요 사
무실로 쓰고 있죠 역시 당신은 길을 잘못 들었네요

* Le monde est froid, Sans pitié · Es un mundo frío, Sin piedad
  '냉혹한 세상, 자비는 없다'의 불어 · 스페인어 표현.

흡수

길 찾는 연어떼처럼
오토바이 폭주족들이
경사진 2차선 도로를
거슬러 올라갔다

숲은 밤을 휘저었고
양말 속에 등산용 칼을 끼운 사내는
나무 사이로 걸어갔다
목이 부러진 들꽃은 피를 흘리고
톱니에 비명의 살점이 묻어났다
지갑 속 사진에는 아라비아 숫자로
문신이 찍혀 있었다
지포 라이터 불길 속에
여름 한낮의 하늘과 구름이 타고
노루를 안고 있는 여자가 오그라들었다
혈액은 하얀 상의보다 청바지에 칠해진 색이
한결 산뜻했다
부엉이가 다그치듯 노려보았지만

급조된 시냇물이 흐르기 시작했다

눈물 침 땀 콧물 오줌 정액과 가래 그리고 피가

숲을 키우기 위해 스며들고 있었다

사내는 편의점에 들러 파워에이드 화이어 아이스를

마셨다

완전자살 매뉴얼*

동맥 절단 뜨거운 물에 담그는 것은 상식 방혈하
시오
한국은행 앞이나 남산보다 스케일이
큰 피 분수를 만들기
피 혈액 생피 붉은 수액
사냥개에게 피를 맛보이다 군인을 유혈
행위에 익숙하게 하다 (실행 전 각자
취향에 맞는 외국어로 번역해 유서에 첨
부하면 센스 있는 자살자가 된다)

교수 희고 부드러운 목 위에 검붉은 경계선
을 치는 것이 취지다 동거인들에게 최
초로 발견되기 싫다면 등산 가는 것을
권장한다
추천: 관악산 (수도권 거주자에 한한다)

아파트 투신 여자 고등학생들이 유행시켰다
적합한 장소: 서빙고동 신동아 신사동

미성 구의동 현대
서초동 우성 대현동 럭키

음독   노인들의 희망은 수면 중 사망이다
양탄자를 당기듯 시간을 압축하라
농약은 삼가시오 (촌스럽잖아)
다량의 정제를 알코올과 혼합 복용하
면 효과는 배가된다

익사   심연과의 조우
입수 부위는 물과 사망자의 생이 끓는
듯하다
티브이에서는 누구나 삼 킬로그램은
더 살쪄 보인다 익사체는 이십 킬로그
램은 불어나 보인다 육체적 자기 확대
부산의 태종대와 서울 한강은 상습적
장소다
실패율 제로가 확실한 한탄강을 강력

히 추천한다

분신   치사율 매우 높음
너의 불꽃은 지포 라이터 광고 또는 정
치적으로 악용될 수 있다 사이공 시내
에서의 승려 틱 쾅둑의 가부좌와 눈부
시게 하얀 휘발유 통

감전   욕조에 라디오나 드라이기를 넣으시오
당신의 피부는 인공 일광욕 효과를 낸
미디엄 레어의 호사를 누릴 것이다

철로 투신   그대는 분열을 꾀하는가
집게로 건져지는 고깃덩어리들
임팩트: 해골 네 개

아사   금식은 안식을 위해서다 대개의 병사
자는 임종 직전 아사자와 흡사한 외관

을 보인다
잎을 버린 나뭇가지 당신의 육체는 열
반에 이르리라

가스   유통 경로에 대한 무지가 팽배하니 초
심자는 가스레인지를 사용하시오 음독
동맥 절단 교수와 혼합 요망

동사   하얀 눈 위에 구두 발자국 누가 누가
새벽길 얼어갔나
음주 후 보드라운 카펫 위의 얼음 왕국
으로

총   하계 올림픽의 꽃은: 마라톤
동계 올림픽의 꽃은: 피겨 스케이팅
자살의 꽃은: 그런 건 없다
하지만 추천 별 다섯 개
최단 시간의 총구 펠라티오

탈출

　행운의 과자를 열자 문턱을 주의하라는 메모가 나온
다 신장 속에 아끼던 로퍼가 놓여 있다 고속버스 티켓
이 재떨이에서 가늘게 탄다 욕조에 안구가 떠다닌다
탈의실이 녹물에 잠긴다 악어가 실내 풀장을 헤엄친다
악운과 복도에서 정면으로 마주친다 경비원이 출구를
차단한다 시트로앵은 가사 상태에 빠진다 정원수용 가
위가 발가락을 다듬는다 헬기는 암모기처럼 따라온다
오아시스행 전동차가 연착된다 정액을 넘기듯이 인출
기가 현금 카드를 삼킨다 낙원역은 조야한 지옥이다
잿빛 벽돌담과 펜스 위로 곰팡이가 담쟁이를 사칭해
올라간 금지 구역 히트맨이 플랫폼에서 심장을 기다린
다 검은 말이 무너지는 마구간에 갇혀 있다 소몰이꾼
들이 올가미를 휘두른다 뒤트렁크에 들어가면 관 뚜껑
이 닫힌다

고통의 집

프랑켄슈타인 석사는 처음엔 그저 예술건달이었어
미스피츠나 라몬스를 줄창 들으며 취미로 전류를
흘려 개구리 다리나 번쩍 캉캉을 추게 했지
그는 메리 셸리표 원조에게 질투를 느낀 나머지
왜냐면 학위를 받지 못한 박사 과정 수료자였거든
전기 시인을 탄생시킬 계획을 세웠어 시에 전력을
넣는 거지
꿀 먹은 밀정도 입을 여는 마법의 힘인데
현악기도 어쿠스틱보다 일렉트릭이 강하잖아
기니피그는 초라한 문청 검증해보나 마나
가망 없는 가설이었어 데뷔 말이야
몸을 바꿔야 했지 전기의 수혜자로 거듭나야 해
약동하는 드럼으로 욕망의 잉크를 넣은 필기구 세
트로
불길한 냄새가 돌자 괘종시계는 침묵했어
흐르는 전기는 썩지 않는 법인데 초당 방류량이 지
나친 거야
전기는 전기요 시는 시인 거지

짝꿍도 만들 셈이었는데 셈이 틀렸네 단추를 잘못
끼웠어

문청은 더욱 파래지고 초라해졌어

석사는 의도가 순수했으니 정상 참작이 되리라 자위
했어

자위행위는 유통 기한이 지난 것을 비워

신입이 들어올 자리를 마련하기 위한 거래

반대어는 온고지신이야 석사는 재실험을 위해 일어
섰어

푸른 수염

곧게 열린 국도는 싸늘하기도 하지 돌아올 수 없는 편도 여행이야

슬며시 벌리는 현관은 끈적하기도 하지 물려고 덤비는 무저갱이야

눅눅한 복도는 뻔뻔스럽기도 하지 길게 늘어진 고양이 허리야

어두운 지하실은 음탕하기도 하지 맛만 보라는 불두덩이야

입 다문 벽장은 앙큼하기도 하지 몰래 잉태한 아가씨야

빼곡히 걸린 아내들은 촉촉하기도 하지 해파리 잠옷이 붉은색이야

새로 온 암캐는 교활하기도 하지 도베르만 같은 경
찰관 오빠가 둘이야

　늙은 염소는 가엾기도 하지 상자 가득 바비 인형을
모았어

우회도로

너는 귀가 밝고 눈이 어두운 운전자

모퉁이를 돌면 협박처럼 달력이 있을까
아이들의 습한 비명이 들리고
흰 거품은 배수구로 느리게 달아나겠지
안경 너머 철길이 가로놓이겠지
비둘기가 토사물을 헤집을 때
감기약에 취해 스테인드글라스를 빨갛게 노려보겠지
낙서는 희미하게 지워지지 않고 계단이 무너지겠지
탁하게 객실 문이 열리겠지 시간이 조금씩 휘발되
겠지
바퀴벌레는 벚꽃 사이를 비행하고
낡은 스쿠터가 잦은 기침을 하겠지
승강기는 고장이야

너는 주인공의 친구

핏빛 인생

황혼의 부암동 알레고리

양말 속에 칼을 차고 나무 사이를 거니는 사내와
비가 오면 정신이 나가는 가죽 옷 남자는 친구였다
그들은 보이는 모든 것이 두려웠다
탐욕은 죽어야 끝나는데 눈을 뽑기에는 미련이 많
았다
둘의 성향은 극단과 타협에서 갈렸다
준엄한 심판과 자비로운 방생의 차이
안구와 연결된 뇌를 식히려 백사실*에 올랐다
거기에는 원정을 다니던 거리의 왕들이 쉬고 있었다

도구의 품질과 육체의 기세 중 무엇이 우세한가
대개의 창작물은 상상력이 풍부한 이를 승자로 설정
하지만
그것은 대중을 위한 오류일 뿐이다
선과 빛이 악과 어둠을 이긴다는 거짓말처럼
사유가 부족하거나 결여된 자는 강하고 예쁘다

사색하는 것은 나약한 힘이다
두 친구는 메리노와 서포크
피 묻은 백석동천 바위에서

심야의 옷걸이

유년의 밤
부부 싸움 소리에 눈을 뜨곤 했다
억울한 꿈을 꾸고 가슴이 먹먹했다
중간에 깨워져 야단을 맞은 적도 있다
그러나
불을 끄고 누워서 옷걸이를 보는 것에 비하면
옷걸이만 사라진다면
매일 12미터 높이에서 강하를 하고
그리마를 잘라 아침으로 먹는 것을 택하겠다
도사견과 대결하고 비둘기의 날개와 쥐 꼬리에 입맞
출 것이다

옷걸이가 쌍둥이로 전갈로 염소로 모든 별자리로 둔
갑한다
옷걸이가 뱀으로 닭으로 양으로 십이간지마다 변신
한다
치워도 버려도 밤과 함께 들어오는
검은 옷걸이 꼭대기에서 차게 웃는 흰 얼굴
그것과 결혼해야 한다

미명의 캠벨 토마토 주스

163밀리리터다
한 모금이 안 된다
8할이 비타민 C다
칼로리는 30이다
본사는 뉴저지에 있다 깡통 음식 만드는 회사다
일할 때 아침마다 마셨다
싫은 소리 지껄이는 인간은 죽어 마땅하다

다중의 생각은 다르다
선생이란 받들어야 하는 존재가 아니라
말타기해야 할 사람이다
제자들은 의견이 다르다
속마음이라도 신들과 조상의 주둥이를 쳐봐라
가고 싶은 장소에 반드시 가자
가기 싫은 곳에 결코 가지 마라
국산은 모두 달콤하다 짭짤한 것이 최고다

백주의 복마전

날숨이 길어지는 점심
옥상에 마천루가 쏟아지고
시계가 날아간다
사무실에서 휘파람 소리가 간헐적으로 들린다
어릿광대가 작두에 오른다
죽은 애인이 귀엣말을 하고

잠이 달아난다 도서관 사서들이 달아난다
산양이 불을 뿜고
아기가 욕조에 묻힌다 지폐가 문서 분쇄기에 빠진다
난삽한 거리에 환생하면 버스 기사가 경적을 찢는다
횡단보도에 구멍이 난다 손목들이 끊어진다
쇼트닝이 끓는다 정점이다

* 서울시 종로구 부암동에 있는 고택의 집터이다.

제2부
MC S1과 폭음반도

자기소개서

비둘기를 동경하는 양계장인가
늑대가 되고 싶은 애완견 가게인가
음정이 불안한 오부리의 마이크인가
제 연주가 창피한 슈게이징의 운동화인가
깊은 잠이 소망인 불면증인가
액자식 구조가 두려운 악몽인가
결국 화장장이나 묘혈로 갈 것인가
폭파당해 실종 신고 될 것인가

글쎄 다만 카메라에는 빛을
기타에는 전류를
육체에는 발효한 감자로
증류한 옥수수로
주조한 알코올을 흘려 넣어라

나는 농담이나 거짓말이 아니다
향수가 소용없는 원숭이가 아니다
비닐 음반이 부족한 판돌이가 아니다

채굴이 끝난 폐광이 아니다

너와 네 모친에게만 통용되는 도덕이 아니다

너와 네 선생에게만 흥미를 주는 작품이 아니다

나는 매 맞는 것을 익혔다 싸우는 법을 배웠다

내가 나 자신인 사실을 결코 사과하지 않기 위해

오늘 밤 바로 너희들에게 카운터펀치를 날리기 위해

Real Rhyme

始作해
詩作해

선남선녀 미남미녀 방아 찧는 밤에
겨울에도 모기 나는 지저분한 방에
노예들과 진배없는 너와 나의 생애

쓰레기 소각장의 불타는 시간들
케이블을 타고 오는 춤추는 거짓들
장애물과 방해꾼인 지루한 가족들

어린 칭크 가진 것은 캉골 타미 팀버랜드
가라 힙합 취하는 건 금줄 그루피 메르세데스
리얼 MC 친구들은 디제이와 그래피티 비보이스

눈감고 꿈꾸는 건 백만장자 영화배우 인기가수
잠에서 깨어나니 요리사 웨이터 옷장수
정신을 차려보니 경비원 주유원 운전수

MC S1 태어난 곳 기지촌 이태원

조선을 지배하는 냄새나는 미국군

알록달록 화려한 아이노꾸 기지 소년

시장에서 담배피던 뒷가르마 학성이형

록키파 대장이신 가죽바지 석범이형

열두 살에 놀아난 MC S1 어린이갱

이봐 너희들

내 말이 안 보여? 내 말이 안 보여?

내 말이 안 보여? 내 말이 안 보여?

죽으면 사라질 힘 헬스는 왜 하는지

어차피 병 걸릴 몸 웰빙은 염불인지

배울 것 없는데 참 학교는 왜 가는지

외롭고 괴로운 삶 결혼은 안 하든지

보험금 세금 정기적금 빌어먹을 국민연금

녹색불이 켜졌어! 요 어디로 갈건가! 요 생각해!
요

선남선녀 미남미녀 방아 찧는 밤에
겨울에도 모기 나는 지저분한 방에
노예들과 진배없는 너와 나의 생애

쓰레기 소각장의 불타는 시간들
케이블을 타고 오는 춤추는 거짓들
장애물과 방해꾼인 지루한 가족들

어린 칭크 가진 것은 캉골 타미 팀버랜드
가라 힙합 취하는 건 금줄 그루퍼 메르세데스
리얼 MC 친구들은 디제이와 그래피티 비보이스

MC S1

내가 아직 자라고 있었을 때

집엔 아버지의 번쩍이는 지휘봉이 길에 나가면 털 많은 미군들의 다리가 흔들렸지 그것들은 몹시 길었어

내가 아직은 다 자라기 전에

학교에는 교사의 짙은 회초리와 손위 아이들의 거친 각목이 건들거리고 일요일마다 어둡고 빨간 십자가가 매달렸지 그것들은 매우 길었어 내가 다 자라기 전까지는

이제 상황은 달라졌어 펜을 쥐었지 불어로 '나의 친구'라고 새겨 있는 A.K.A. 153 볼 포인트 0.7

이제 공수가 바뀐거야 나의 별자리는 신의 입술

강 건너 바리사이파의 몽블랑이나 워터맨이 아니지만 모두 길디긴 나의 친구 앞에 무릎 꿇고 紙面에 키스하게 될 걸

나는 군복 대신 알몸이 되었으니까 수박 세 덩이는 잭팟을 뜻하지

너희들 무슨 짓을 해도 소용없어 디다스 소녀 탈리카 소년 너 같은 애들이 원하는 게 뭐야? 점안을 바라니?

조악한 공중 보도 휘어진 LP 음반 구멍 없는 암나사 같은 것들

탱화 같은 절름발이의 움막에서 불바람은 너희를 시체로 만들고

목적 없이 차를 몰고 시내를 배회하는 기분으로 나는 승리를 즐길 거야

원소기호 S는 원자번호 16 원자량 32.14 녹는점은 119°C 끓는점은 444.6°C 물도 알코올로도 녹일 수 없고 전기와 열의 불량 도체지

성냥의 연료란다 불을 켜는 데는 성냥 글을 쓰는 데는 펜이면 되지만 실용을 넘어* 극한을 추구하지 내 본관은 신의 혀 사람 위의 사람

이제 전세가 역전됐어

7자 셋은 잭팟을 의미하지 탈리카 소녀 디다스 소년 무슨 말을 해도 재미없어

너희들을 내가 그냥 둘 것 같아? 개금을 원하니?

가면 쓴 계집의 다락방에서 피의 백일몽은 너희를 축생으로 만들고

내 세례명은 신의 이빨 Diss**의 천재 MC S1

당신들은 원반 없는 프리스비 시중 은행의 화폐 견양

트레이가 열리지 않는 재생기야 못생겼어

무더위 속 냉기처럼 한파 속 열기처럼 나는 겸손하

지는 않을 테야

바람의 방향이 변한 거지

나의 사주는 신의 언어 BAR가 세 개면 잭팟

메탈리카 셔츠와 아디다스 신발

張三李四 朝三暮四

침몰하는 연락선 숲 속의 바보

모두 다 모사품 가득한 회랑에서 늪지 같은 책략에

분리수거물이 되고

전혀 낯선 국면이야 나태한 생활 밤의 어둠 속에 취

해야지

전 세계를 참견할 거야 내 거짓말은 아주 정직해

  * 가스가 지로(春日二郎, 일본 Accuphase사 회장), 『장인(匠人)
    의 마음을 바라며』에서 인용.

84

** Disrespect. 최초의 Diss는 1983년 Run DMC의 곡, 『Sucker MC's』에서 시도되었다.

폭음반도

수소탄 기폭 기둥이 구름을 뚫고 승천한다
핵이 어찌 기지 속 물건이랴
찔러라 찔러라 하늘 찔러라 돌려라 돌려라 후폭풍
돌려라
백야의 소름 끼치는 선짓빛 인생 앞니가 부러져 피
를 흘려요
쾌락 대신 치도곤과 동통을 받으며 성장했수다
악몽의 조커와 가위 누르는 비숍은 명군
造花有萬日紅 인종하지 않는다
거대한 굉음의 운문이여 로르카 로트레아몽 비용 뭐
뭐든지
육질을 위해 거세된 수퇘지
진폐증 예방과 만두의 풍미를 돕는 비계는 싫어
그렇다고 종돈은 뭐 잘났니
물가를 나는 청호반새 전성기의 최은희처럼
논두렁을 헤치는 러셀살모사의 독니 한 쌍
신경계를 5분 만에 마비시키고
변성매독은 잠복했다가 수십 년 후에 개화한다네

빛나는 혈류를 타고 온몸으로 퍼지는 유려한 미소
고혹의 허벅지를 공격하라 지구본은 달콤합니다
맑은 술과 투명한 술단지는 몹시 환유적이에요
비피터 바카디 스미노프 뭐 뭐든지
원주율 3.14159265358979323846264433832795*
대관절 이건
매일 소수점 이하 자릿수에 따라 병을 비워
독주와 주정뱅이는 완벽한 한 쌍이어라
여의도 대한생명 옥상에서 낙하하는 베이스 점프
플래시 몹은 혼자서 할 수 없어 어린 고양이들 부채
춤
바람과 박치기하며 자세 잡는 트레인 서핑
플래시 몹은 목숨을 걸지 않아 나약한 토끼들 불꽃
놀이
슬픈대학에서 수학한 나 나쁜 나팔수가 될 테야
빈곤 대신 사치를 가질래 彫花有百萬日紅
눈에 든 물파스처럼 부드럽게 말해요 홍어찜처럼 향
기롭게 웃어요

87

세계 최고의 악사예요 매우 위험합니다

취미로 만든 나의 전쟁 朕과 연필만의 이야기 비애
와 분란과 격정이 평온과는 거리가 먼

'최후까지'라면 문신으로 했겠어? 빨갛게 さいごま
で!

* 028841971 6939937510 5820974944 5923078164 0628620899
8628034825 3421170679 8214808651 3282306647 0938446095
5058223172 5359408128 4811174502 8410270193 8521105559
6446229489 5493038196 4428810975 6659334461 2847564823
3786783165 2712019091 4564856692 3460348610 4543266482
1339360726 0249141273 7245870066 0631558817 4881520920
9628292540 9171536436 7892590360 0113305305 4882046652
1384146951 9415116094 3305727036 5759591953 0921861173
8193261179 3105118548 0744623799 6274956735 1885752724
8912279381 8301194912 9833673362 4406566430 8602139494
6395224737 1907021798 6094370277 0539217176 2931767523
8467481846 7669405132 0005681271 4526356082 7785771342
7577896091 7363717872 1468440901 2249534301 4654958537
1050792279 6892589235 4201995611 2129021960 8640344181
5981362977 4771309960 5187072113 4999999837 2978049951
0597317328 1609631859 5024459455 3469083026 4252230825
3344685035 2619311881 7101000313 7838752886 5875332083
8142061717 7669147303 5982534904 2875546873 1159562863

8823537875 9375195778 1857780532 1712268066 1300192787
6611195909 2164201989

빛의 제국

  자연스럽지 않아 아주 이상해 여기에 낮과 밤 사계
절이 존재하는 것이 J군, 나는 저기 불 켜진 집을 오래
도록 바라봐 저기에 들어가고 싶기도 들어가기 싫기도
한 거야 그들은 학교 교문에 교량의 북단에 커다랗게
빛과 소금이라고 써놓았지 극장과 병원 앞에 바르게
살기 땅 끝까지 전파하라며 간판을 올렸어 알고 있어
J군이 한 감동 없는 비극이라는 말이 더 좋아 집의 거
실에는 푸른빛을 뿜어내는 파워 앰프가 있을까 소리가
듣고 싶어 차고에는 당신과 함께 검은 길 위로 낮게
깔릴 백조 대신 여우가 숨어 있어 상을 주었는데 먹물
을 뿜어내는 비천한 작자들 말이야 장님 여자는 해가
뜨고 지는 것을 보고 싶다더군 나는 눈은 멀쩡한데 잠
에 취해 술에 취해 못 본 지 오래야 면도날 같은 전화
기나 가지려고 하지 저 집은 나를 뱉어낼까 빨아들일
까 세탁하기 까다로운 소재로 만든 흰옷이 입고 싶어
성장과 노화가 탄생과 소멸이 전혀 당연하지 않아 나
무가 지붕보다 훨씬 높아졌군 저러면 식물이 집을 지
배한다는 얘기가 있지 J군, 뿌리가 되고 줄기가 되자

고 했던 걸 기억해봐

반포 제이케이

강이 흐른다 날고기는 나뭇가지 사이를 날아간다
분침이 태엽처럼 돌아간다

담배와 물담배와 비행기와 국제공항과 그리고 비행
기와 물담배를 잊지 못하고 허리가 아프다
오래된 지폐에 그려진 임금의 표정이 싫다

왜 누런 태양과 누런 해는 다른가 선물 보따리와 쓰
레기통은 같다
총은 차갑다가 뜨거워진다 나쁜 리시버 앰프처럼 성
기처럼

강에는 썰물이 없다
생각한다 생각하며 비천한 고결함을 짓고 걷는다

베수비오 산의 야수여 어차피 지나온 계단은 바스러
진다
일주일째 잠든 해군 제독이여 검고 흰 망토가 기다

린다

　양초가 녹는다 얼음이 녹는다 거울아

　통유리 너머 불빛들이 소란하다 이 밤 특별히 부탁
한다 벌집을 부숴 그들의 피부를 부풀려라
　메뚜기떼를 날려라 도시를 덮을 우산을 펴라
　멀리서 구정물 같은 강에 파문을 일으키자

감성적 독재

당신은 시에라리온과 라이베리아가
르완다와 부룬디가 잠비아와 짐바브웨가
어떻게 다른지 모릅니다
엘살바도르와 니카라과 과테말라가
그러나 당신은
중국인이나 일본인으로 오인되는 것이 싫습니다

난이도는 낮추지 못합니다
어복쟁반과 고소한 육전이
갈지 않은 통미꾸라지 추탕과 재첩국이
당신의 소울 푸드입니다
그래서 일주일 간의 외유에서도
음식으로 고생합니다

간단히 얘기하지 않겠습니다
당신은 오늘도 전동차를 탑니다
당신의 부모는 당신의 생식기
당신의 지폐 당신의 후손이

타인의 기타와 시보다 소중합니다
때문에 하차할 승객을 가로막고 진입합니다
당신은 평등한 처우보다 특별 대우를 사랑합니다
며느리는 봄볕에 딸은 가을볕에

복잡하게 얘기하겠습니다
아들을 둔 어머니들 사창의 포주와 기둥서방들
소아기호증 환자 자기가 예술가임을 자각한 남자
공통점은 집착입니다
따라서 그들은 지네처럼 아름답습니다

파란색과 흰색 그리고 빨간색

일간지를 펴니 네 기사가 실렸더구나

너의 아들들이 코트디부아르의 아비장과 야무수크로에서 시위 군중에게 소총을 난사해 60여 명이 사망했다고 너의 미라주 F1이 상아 해안의 수호이 25를 파괴했다고

디엔비엔푸에서 참패하고 알제리인들을 학살한 지 반세기 만에

하긴 넌 식민지가 있지 남미 기아나와 아프리카 레위니옹*에

오세아니아의 누벨칼레도니 체스터필드 제도 로열티 제도

카리브 해의 마르티니크 과델루페 마리갈란테

태평양의 타히티 클리퍼튼 소시에테 제도 마르키즈 제도 투아모투 제도 감비아 제도

물론 이 많은 식민지를 관리하는 '해외부'가 있지

너의 군대는 옛 식민지에 주둔해 세네갈 차드 가봉 지부티 그리고 코트디부아르에

너는 핵실험도 매우 잘하지 태평양 무루로아에서

175회 팡카타우파에서 12번 북아프리카 사하라 사막에서 17차례

유엔의 금수 조치를 어기고 남아공에 지대공 미사일도 팔았어

절친한 친구도 많아 가봉의 오마르 봉고 토고의 에티엔 그나싱베 에야데마 결국 모로코로 망명한 구자이르의 모부투 세세 세코

이제는 사라진 친구와의 기억도 상기시켜 줄까

중앙아프리카 공화국의 장 베델 보카사 황제

그는 너의 세네갈 소재 생루이 군관학교 출신이었잖아

베트남에 갔다 온 그에게 너는 레지옹 도뇌르 훈장과 십자 무공 훈장을 수여했었어

차츰 방자해져 네 말을 듣지 않자 70년대 마지막 가을에 축출했지

그는 코트디부아르로 망명했어 다시 코티디부아르로 돌아가보자

너는 70년간 빨아먹다가 놔준 뒤에도 계속 내정을

간섭했어 그곳에 거주하는 네 국민 1만 4천 명이 코코
아 경제를 장악하고 해방 2년 만인 1962년에 맺은 상
호방위조약(!)에 의해 4천의 병사가 주둔하지

화제를 바꿔볼까 너는 최근 히잡을 공립학교에서 착
용하는 여학생들은 정학에 처한다고 발표했어 너는 영
장과 유죄 판결 없이 몇 년이고 구금할 수 있는 사법
제도도 가졌잖아 2차 세계 대전이 끝날 때까지 여성은
참정권조차 없었다는데

리베라시옹? 리베르떼? 에가리떼? 말잔치겠지

아 기사 하나가 더 있어 공쿠르 상금이 10유로라며

그 돈으로는 바 헤밍웨이에서 음료 한 잔도 못 마셔

상징적 의미와 상징 조작은 전혀 달라

* 주변의 모리셔스는 1968년, 코모로는 1975년, 세이셸은 1976년
  까지 식민지였다.

98

지뢰

기다렸다 땅 밑에서 흙 속에서
겨울에 얼면서 장마 때 젖으며
깊이는 아니고 눌릴 만큼만
피학의 사디스트로
잠시 잊혀지고 버려진 채
기다렸다 함정을 파놓은 거미처럼
공사 건물에 웅크린 강간자처럼
걸어오기를 찾아들기를
방울뱀 아가리로 향하는 들쥐같이
디뎌주기를 짓밟아주기를
마놀로 블라닉 하이힐이건
고어텍스 등산화건
날려버린다 하얀 발목을 검은 눈동자를
뽐내며 짓던 웃음을 달떠서 흘린 신음을
파편으로 박혀 도로 묻히는 날까지 함께
점성술도 타로카드도 바이오리듬도 소용없어
기다렸다 너를

정릉천변풍경

가을이 조금씩 다가와 명치를 울렁이게 할 즈음
옛 영상을 보았다
내부순환로 자리에 놓여 있는 하천은
매음의 질강처럼 메마르고 오염되어 있었다
살아 움직이는 물의 몸이 흐르는 방향으로
오른쪽 지금은 아파트가 군거한 곳에
신라의 도읍명을 본뜬 중학교와 고등학교가 있었다
왼편엔 거미집 형춘집 대화집 남향집 단골집
친구집 형제집 서울집이 줄을 이어
역재생을 반복하며 칠십년대의 천변을 만유했다

지폐에서 나는 냄새 술 냄새 그리고
사람이 꽃보다 아름다운지는 모르겠고
꽃보다 강한 냄새를 풍기는 것은 분명하다
사람은 희망이 아니고 욕망 덩어리다
영등포의 공장에서 달려온 동양맥주와 조선맥주가
술상에 나와 앉았다
간판처럼 내걸린 한복 입은 여자들

폐쇄된 호텔에서 잔술을 따르는 유령 바텐더처럼

『의지의 승리』라는 도서를 강매하는 책 장수 늙은이
처럼

그녀들은 자신의 옷고름을 웃었다

흥망은 변두리 홍등에도 있고

거리도 사람처럼 나고 지며 다시 핀다

달리는 관에 실린 사탕

"나는 장례식 보기를 좋아하지. 그럴 때 나는 알아.
내가 살아 있다는 것을."
——토이 데리코테, 「흑인거주구역」

의식이 마무리되자 부패하기 시작한 자는 밑바닥으
로 들었다
차 안은 햇빛이 가득했다 졸음과 허기가 커졌다
사람은 죽어서도 사람을 귀찮게 했다
상주들은 각자의 이유로 눈물을 흘렸고 서로 다른
궁리를 했다
조문객은 혼례의 하객일 때와 기분이 별다르지 않
았다
막대 사탕을 빠는 아이는 생의 당분을 섭취했다
운전기사가 늘 짜증을 내는지 오늘만 언짢은 건지
알 수 없었다
토용들처럼 차곡히 자리를 잡자 의자는 덜컹거리고
바퀴 달린 거대한 관은 시체를 버리기 위해 움직였다
사람은 죽는 데도 돈이 들었다

스스로 만들어진 자는 없었으나 모두 이름과 이야기
가 있었다

자신을 가장 좋아했고 상대를 샘내거나 깔보았다

사람은 세계가 흘린 타액이었다 재와 흙이 되어 흩
어졌다

버스가 떠나온 병원 한쪽에 다음 차례의 줄이 세워
졌다

지나치는 창밖 거리에서 누구나 번호표를 손에 쥐고
있었다

괴담

네 안에 숲이 있다
숲에 흉가 한 채
문을 열면 지하실이 뚫려 있다
그 굴속에 뭔가 있다
돼지의 몸을 가진 뱀
공중에 떠다니는 백 개의 얼굴
뭐 그런 류의 것이
어둠에 숨어 너를 부린다
일상이 지속된다
그것이 집을 나와
숲의 중심으로 가서
허공에서 그네를 타다가
나무에 심장을 파고
좌심실에 너의 이름을
우심실에 알 수 없는 표기로
제 이름을 그릴 때
너는 아버지를 찌르거나
배우자를 자를 것이다

높은 곳에서 아이를 던질 것이다
네 몸에 불을 놓거나
전동차를 지나가게 할 것이다
한낮에 보란 듯이
주검으로 언덕을 쌓을 것이다
그것을 굶겨 죽일 수가
계속 잠들게 하는 방법이
있을지도 모르지만
자 이제
그것이 깨어날 시간이다

저주

　화성이 근접한다 두피 모근이 삼삼오오 사라진다 육체가 절기마다 비대해진다 애인이 지인과 동침한다 원수들이 눈앞에서 코앞에서 상을 받는다 박수가 무명과 범용을 예언한다 눈 코 입이 큰 처녀가 복사기처럼 번쩍 웃는다 잠을 훔쳐간 자를 잡는다 불길한 꿈처럼 전화벨이 울린다 싫어도 실내 야구장에 세워진다 털 많은 손이 술잔에 가루약을 탄다 황폐한 수수께끼가 풀리지 않는다 금을 잃고 황사를 받는다 번개와 천둥 사이가 좁아진다 하늘에서 내려온 햄버거를 믿는다 지구를 빠져나가지 못한다 계속 머물 수도 없다

기관원 본드 씨 VS 카낭가 박사

소파 쿠션은 풍선처럼 부풀어요

섬 소년의 죄는 코코넛과 망고 열매 말고 하얀 세상을 가지려고 한 거죠

지식인이 불길한 백인 무녀와 타로카드 따위를 믿다니

믿을 수 없군요 미스 솔리테어는 여신이 아니라 트랜지스터 같은 건데

선시 한 구절 아끼면 똥 된다 잘 알잖아요

그녀의 과오는 자기 표절과 자기 현시

박사의 실수는 의미 부여와 가치 부여

바보와 악마는 동일인물이에요 정체는 스코틀랜드 촌놈이고

지극히 평범한 이름에 물총 쏘는 명사수래요

상어는 애드벌룬처럼 날아올라요

불행은 카리브 해에 어기차게 자리 잡고

침엽수 밀림은 백사 피에 목말랐어요

떨어져나간 과거가 강렬한 빛을 발하며 용접되면

가독성이 좋은 부두교 축제가 도래하죠

지성인은 사회 비판 기능을 담당해요

저들이 영어를 사용해서 지구를 내키는 대로 창작
할 때

제3세계 지식인은 냉철하게 비평하고

꿀벌 제임스 본드는 여왕 폐하를 위하여!

가엾은 카낭가 상어처럼 부풀어 터져버리네요

기관원 본드 씨 VS 스카라망가 선생

아버지는 쿠바인이고 어머니는 영국인이지 열 살 때부터 서커스단에서 자랐어 눈이 슬픈 아프리카 코끼리가 유일한 친구였지 황구처럼 피부가 그은 조련사가 눈을 쏘았어 나도 그자의 충혈된 눈을 쏘았지 동물을 사랑한 것은 아니야 살인을 즐겼을 뿐 총을 사랑해 나는 황금 총을 쏘는 사내 정보 요원의 싸구려 권총 따위 귀엽기만 해 나는 총알 한 개당 백만 달러를 받는 프리랜서 난쟁이 하인을 두고 해변의 별장에 살아 007은 쥐꼬리 월급을 받는 샐러리맨 승부사들은 경기 전에 섹스를 하지 긴장을 풀어주거든 세상 무엇보다 빛나는 태양은 나의 힘 이제 널 죽이는 것을 즐기겠어

기관원 본드 씨 VS 조스 군

공항 검색대는 비명을 지르고
거인증의 암살자는 미소 짓는다
상어 이빨을 가진 고릴라
7피트가 넘는 살인 기계는
피라미드의 후미진 길을 걸어간다
맨손으로 승합차를 찢어발기며
두 팔로 케이블카를 정지시키고
물속에선 어린 상어를 물어 죽인다
그때마다 반짝거리는 강철 치아의 광택!
월터 PPK에 의존하는 나약한 007은
잠시 주눅이 든다

불사 네버다이 그는 죽지 않는다(적어도 텍스트 안
에서) 본드 씨도 마찬가지다(주인공의 신분을 유지하
는 한)

알프스에서 카이로까지
베네치아에서 리우데자네이루까지

모하비 사막에서 아마존 상류까지

그들은 겨룬다 승부가 나지 않는 게임을

인어

검은 바다 밖의 인간 세계 신경 쓰지 말아요 호기심은 소녀를 추하게 만들어요 어패류는 자기 분수를 알아야 해요 폭발하는 모터사이클 굉음과 섬광을 내며 구름에서 가솔린이 샐 때 물결은 난자된 낙지로 꿈틀대고 그녀는 알카셀쳐처럼 거품을 내는 그를 보았어요 로얄 스트레이트 플러시를 쥐고 태어난 사내 인간은 조부의 직업에 영향받는 거예요 왕자를 구해주지 말아요 그는 온달이 아니에요 초야권을 행사해서 밤마다 출혈을 보고 기뻐하는 나사못 종족 그에게 벌려줄 다리를 만들기 위해 가출한 그녀는 포주와 마녀의 동어반복인 동굴을 찾아서 물살을 가르는 지느러미를 둔한 지방질 허벅지와 바꾸다니 자신이 낼 수 있는 소리보다 큰 욕망은 없어요 왕자는 정글의 법대로 지상의 황녀와 혼인해야 하죠 윤리가 아닌 경제의 차원에서 인류에게는 타인을 이용하고 용도 폐기하는 소프트웨어가 내장되어 있어요 새벽이 오기 전에 왕자의 목을 갈라야 해요 물거품이 되기 전에 당신이 먼저 그를 피거품으로 만들어요 온리 더 **스트롱 섈 서바이브*** 내 것이

아니면 그 누구의 것도 아닌 거예요 월트 디즈니가 당
신을 팔아먹기 전에 왕족의 혈액에는 Au가루가 섞여
있나 확인하세요

    * Only The Strong Shall Survive(강한 자만이 생존한다).

1965년 해리홀트기념고아원*

아메리카가 책임지지 않는 아이가 남루한 구호물자
를 입었다
대한민국이 꺼리는 생명이 흑판 앞에 섰다
미군 아버지가 외면하는 아이가 오른손으로 분필을
들었다
접대부 어머니가 버린 생명이 한글을 쓴다

깍깍깍
아침에 까치가

우리나라에서는 예로부터 까치가 아침에 울면
반가운 손님이 오신단다

아이의 동공에 바다가 들어 있다
동해건 태평양이건 무엇이던 간에

* 주명덕 사진, 「혼혈아, 홀트씨고아원」(1965).

114

원숭이의 해

그날이 밝자 돌멩이가 새들처럼 날았다

도시는 금세 안개에 휩싸였다

철로 버팀목을 할 물푸레나무는 붓이 되어 붉은색을 뿌렸다

늦봄이 살갗에 파도 같은 소름을 일게 했다

칼은 익숙하게 고기를 썰고 육즙을 머금었다

기차역에 도착한 사내들 무리는 호피처럼 얼룩져 번들거렸다

한낮이 깃발 위에 흩뿌려졌다

햇살은 하얀 속옷 위에 반사되었다

건물은 라일락 냄새처럼 타올랐다

기계로 만든 말이 미쳐 달아났다

납은 나선형으로 회전하며 빛을 암흑으로 칠했다

태아가 자루 속의 개처럼 꿈틀댔다

시체들은 얼굴과 이름이 없었다

밤이 죽음을 선무 방송했다 슬픔과 불안은 거리에 도열했다

반영

음반 표지 ── 3단 케이크 표면에 열한 개의 초가 찔려 있습니다

오른쪽에 쥐 한 마리가 붙어 곧추선 채 크림을 먹습니다

사정하기 직전의 남자처럼 몰입해 있습니다

짜장면을 빨아올리는 어린애 같습니다

위로 손이 튀어나와 주사위 두 개를 던집니다

숫자는 각각 1입니다 주사위의 점은 인간의 두개골입니다

왼편 초로의 신사가 오른손을 관자놀이에 대고 괴로운 표정을 짓습니다

(연령은 머리칼의 색으로 계급은 의상으로 유추합니다)

상단에는 수탉의 흉상이 있습니다 절단된 것인지 생략된 것인지 분명하지 않습니다

맨 위에는 초강대국어로 '정면으로 맞서다' 라고

하단에는 역시 같은 언어로 '모든 것을 폐허로 만드는 방법' 이라 써 있습니다

배경에는 크고 붉은 다이아몬드가 있습니다
이 부클릿의 외모는 달러의 그것과 흡사합니다

생활의 지혜

안녕하세요. 오늘도 유익하며 실용적인 정보를 전해드립니다. 가정에 티브이 있으시죠. 17인치 브라운 관에서 102인치 PDP까지. 공중파와 지상파, 위성방송이 흐르고 비디오, DVD를 보는, 세상으로 난 아담한 창문에서부터 배우자를 처음 본 순간처럼 얄팍한 두께까지. 네? 없으시다고요. 티브이도 가지고 있지 않으면서 시나 읽는 당신은 나쁜 인간. 분심 넣지 말고 꺼져주세요.

다시, 대다수의 정상적인 여러분들은 주목하세요. 누구나 한 번은 백화점에 전시된 상품들을 보고 선명하고 화사하다고 느꼈을 겁니다. 왜 집의 물건은 밋밋하고 거친 화질일까 의문을 가졌을 겁니다. 원하는 것은 가질 수 있고 뜻하는 것은 이룰 수 있는 대한민국에서 정다운 거리 마음의 거리 태양의 거리 청춘의 거리마다 푸른 꿈이 넘쳐 흐르는 그리움이 남는 곳 아름다운 서울에서 이제 열등감을 버리세요. 비결을 공개합니다. 전원 또는 파워 온을 누르세요. 메뉴에 화면 조정 기능이 있습니다. 만일 자동영상 설정으로 되어 있다면 즉시 해제하세요. 인생에 자동으로 되는 일은 없습니다. 진홍색감이 중력 작용으로 떨어져도 당신 입에는 안 갑니다. 명심하세요. 이제 다음 해결할 과제는 선명도. 선명도는 세부를 상세하게 표현해 결과적으로 화질을 거칠게 만듭니다. 애정성, 평화성 따위처럼 언어로 당신을 교란하는 겁니다. 이중 언어 아시죠? 정의로운 사회, 시민의 정부. 듣기는 그럴듯하지요. 수치를 0으로 설정하세요. 어때요. 전체적으로 부드러워지지 않았습니까? 밝기와 명암은 방송을 보면서 취향대로 조절하세요. 취향은 중요합니다. 티브이 채널을 돌리는 당신의 취향, 선호하는 피복이 있는 당신의 취향, 차림표를 보고 음식을 고르는 당신의 취향, 집과 동네를 알아보는 당신의 취향, 성교할 대상을 선택하는 당신의 취향, 태아를 감별하는 당신의 취향. 권해드린다면 중간에서 조금 위가 가장 좋습니다. 안정된 기분을 주거든요. 색 농도와 색상도 균형 있게 중간으로. 중용은 삶의 진리입니다. 장미만 해도 '사랑과 평화' 적 해석과 '사월과 오월' 적 관점이 존재하지만 양극단으로 치우치죠. 내 마음 내 가슴을 찌른다는 시각도 동화 속 왕자가 부럽지 않다는 견해도 오류입니다. 장미는 그저 생존하려고 피어났을 뿐이죠. 그러나 티브이는 인간의 피조물입니다. 장미색을 실제보다 더 짜릿하게 표현하기 위해 태어났습니다. 이제 화면을 보세요. 만개하지 않았습니까? 여태까지 당신의 두 발 사이에 핀 장미를 발견하지 못했던 것이지요. 행복의 사각지대라고나 할까. 이상으로 정크푸드인 햄버거 요리법과는 비교할 것 없이 탁월한 매뉴얼 혹은 지침서를 마칩니다.

제3부
청춘의 다항식

1981년 자갈치시장*

바다는 희미하다
구공탄 화덕 위 석쇠의 먹장어가 노릇해진다
대선소주 한 병과 원통형 술잔 두 개
난로 대용 쇼트닝 깡통이 있다
내리치면 힘없이 부서질 듯한 의자에
· 의자 같은 청년 둘이 앉아 있다
그들은 고뇌하고 있다
아니 그들은 고해하고 있다 디오니소스에게

몇 월인지 모르지만 나는 이것이 꽃샘추위의 봄 바
다라 믿는다

* 최민식 사진 「1981」(1981).

1985년

막이 오르고 길이를 기준으로 순번이 매겨졌다 삼십
번 교실 걸상에 앉아 접착제를 흡입했다 이십육번 엉
덩이가 큰 수학 교사의 배후에서 성급한 용두질을 감
행했다 삼월부터 그들은 어린이가 아니었다 양동대학
교가 육성한 청소년들 이십이번 미술 교생의 머리에
씹던 껌을 던졌다 십팔번 서울역꼬마 들치기배 포장마
차에서 소주를 마시고 소년원으로 전학 갔다 광장에서
궐련을 물 때 노인은 노망난 망아지들을 지나쳤다 사
십번 고아원소년 젖은 운동화를 훔쳐 신거나 또래들에
게 팔았다 사십칠번 손위 계집아이들과 사과 궤짝만
한 방에서 혼음을 즐겼다 축소판 어른 흉내 확장판 소
꿉놀이 오십이번 오른팔은 징이 박힌 가죽팔찌 왼팔은
칼로 파고 성냥으로 지져 각화를 완성했다 삼십오번
수목보호구역 철망 너머에서 여학생을 스피드백처럼
두들겼다 그 음산한 침실은 남산카페라 불렸다 기관총
은 없지만 뉴욕의 중국애들 부럽지 않았다 거울의 절
제도 자비의 비누도 외면했다 호격 명사 청춘 듣기만
해도 심장이 빠르게 뛰었다 부교감신경 흥분제를 먹은

돼지들이었다

1988년

차가운 봄이 불쑥 나왔다 학생들은 시청각실에 모여
체육 수업의 금연 홍보 영화와 교련 시간의 성병 예방
다큐멘터리를 보았다 부패한 음부와 바비큐 립스처럼
오그라든 폐를 보면 쾌락은 죄였고 죄인은 벌을 받았
다 도마에서 두부처럼 썰어지던 응혈된 뇌 머릿속을
헤집는 독은 벤조피렌 시안화수소가 아니라 구령대 앞
질박한 체육복이나 징그러운 소년군복인 것을

두상이 미식축구공 같은 병정들이 교문 앞에 주둔해
있었다 창씨개명 놀이 우리는 명칭을 조작했다 나약한
세례명과 반 번호처럼 배당된 삼음절은 걸맞지 않았다
상업 공업 그리고 오전의 자유를 찾아 떠난 두목들 뒤
를 이어 히데요시 · 히로시 · 미쓰히로가 무주공산 龍山
에서 자라났다

랜드로버를 타고 등교하는 강변의 아파트보이들이
디스코클럽으로 몰려간 토요일 오후 랜드로바를 신고
경인국유철도 승강장에서 南營 두 글자를 꼬나보며 청

량리행 전동차를 기다렸다 봄이 냉기를 품은 채 달리
고 있었다

80년대 동자동 소극장 박물지

백조

그곳은 아침의 하얀 밀물이나 해오라기과 여름 철새
가 아니었다

큰할아버지 따위는 더욱 아니었다 조도가 낮은 실내엔

날개를 단 여배우의 눈부시게 흰 피부만이 발광했다

M25 A7 사과최루탄 향기는 바람에 날리고

역 광장에 몇만 명이 모여도

젊은이의 시절 밀실로 가다 나는 왕이로소이다 죽음
보다 아프다 나의 침실로라는 제명의 유미주의 살색
필름은 절찬 상영되었다

학생들은 하늘이면서 바다인 푸른 영상을 깊숙이 탐
구했다

망치

밖의 계절은 하계 올림픽 준비로 분주했다

저서가 몇 권인지 알 수 없는 천제황이 꽂힌 책장을
열고 극장으로 들어갔다
　담배 연기가 자욱한 안개로 끼는 그 목조 극락에서
이종 교배를 구경했다
　퓨전 크로스오버 업계 용어로는 인터레이셜
　제가 루크 스카이워커라고 착각하는 초록눈과 어깨
동무하는 친구의 누나들을 보아온 소년은 보색 대비
엔 익숙했다
　화면의 누나들은 심술꾸러기가 뿜어낸 밀크셰이크
를 원하고 또 원했다

동광

변명으로 진열된 만화책 같은 것은 아예 없었다
　동방의 빛 해돋이는 국내 최초의 멀티플렉스였다
　숙박업을 겸한 다락과 다섯 개의 모니터가 있었다
　극장주는 상영을 강좌에 은유했다

영어 일어 국어 애니메이션 동물학 물론 상영 중 이
동이 가능했다
　중구와 용산지구의 청소년지도위원장은 깨엿이나
드시라며
　깊은 밤 우거의 아이들은 시너와 C4H10가스를 사
랑하곤 했다

　학사

　옥호의 학위는 무엇이었을까 성심리학 영화학 혹시
미학
　학위는커녕 입학조차 못해 허기진 사내들은
　짜장면을 배달시켜 흡입하거나 주인이 끓인 라면에
입맞추었다
　막간에 비치는 마감뉴스는 중학교 동문 두 놈의 구
속과 수배를 보도했다 그들은 근처 뒷골목의 작은 방
에서 같이 초등학교에 다녔었던 여자를 윤간했다 간헐

적으로 들리는 밀가루면을 핥아 올리는 소리

　나라에서 가장 큰 기차역 앞엔 온몸이 음경이나 다
름없는 棟梁之材들이 있었다

다항식

　　손톱에 반점이 뜨자 소년은 새 옷 고를 궁리를 했다
여신은 숙주의 징후를 경고했다 구충제를 복용하라 표
지가 보이던 밤 서쪽 구역에서 달이 났다 소년은 달의
별명을 지었다 '로버트 드 니로' RD가 비추는 맑은
하늘 아래 소년과 동료들은 지하철 차량 기지에 스며
들었다 휴식하는 전동차에 거리의 시를 적었다 버스
종점에서는 몸을 비에 적시며 마신 술을 역류시켰다
氣象마저 그들을 배신했다 소년은 청량한 앰프 소리도
여섯 개의 깡통 맥주도 분 바른 얼굴도 달갑지 않았다
어줍은 도시가 뿌린 덫에 빠질 수 없었다 도시도 그가
던진 빈약한 그물에 걸릴 일이 만무하지만 중요한 문
제는 아니었다 소년은 방치된 엘리베이터 구토하는 변
기였다 핏기 없이 흔들렸다 해법이 보이지 않았다 스
물세 쌍의 염색체는 모두 무고했지만 소년은 전형적인
마이너스성장이었다

청춘은 봄이요 봄은 꿈나라

솜이 삐져나온 파란 방석의 하늘, 그 아래로 꽃들이 스트리킹을 하고 매춘의 아니, 만춘의 캠퍼스는 응원 연습하는 학생들로 스탠드가 미어진다 동원 사조 오뚜 기 그들은 이제 막 참치캔의 인생을 시작했다 친구는 이렇게 좋은 날에라는 문장을 발가락 수만큼 반복하다 가 애인 실은 스포츠카를 경춘가도로 내뺀다 왕족들이 쫓겨난 정원에서는 혼인할 남녀가 포르노 영화의 도입 부 같은 촬영에 열중한다

대성리 청평 가평 강촌 모두 떠난 청량리역 뒷골목 에 남아 진열장 안 매음녀의 영혼을 넘겨다보는 청년 은 아직도 겨울 코트를 입고 있다

창신동

성곽이 죽은 뱀처럼 늘어진 길 위
언덕에 촘촘히 주차된 차들과
노을이 빠져나간 아파트가 서 있다
암전된 창가에는
확대 수술한 실리콘 유방처럼 도드라진 보름달이 비
치고
아래 보이는 의류 도매 타운이 희고 거창한 육체를
과시한다
이제는 못 쓰는 동대문의 건너편
이스턴호텔의 객실에는
이스트사이드의 어두움이 바퀴벌레를 사육하고
70년대의 냄새가 나는 거리는
회색 아침보다 주황색 저녁이 부드럽다

무료한 시간을 차창 밖에 던졌던 고가도로 아래 메
트로폴리스
이제 한물간 늙은 소년의 가슴은 빨리 뛰지 않는다
멍게처럼 튀고 싶던 순간들은 바랜 아스팔트 위로

지나가고

　삐뚤어지게 낡은 운동화 바닥의 마모된 도발이 남아

타자

괴한들이 내 방 문짝을 부순다 그들이 이름을 지을 때
내 손에 녹은 아이스크림이 흐른다 그들은 탐 콜린
스를 마실 때
그들이 의상실에서 피팅을 한다 내가 구멍 난 청바
지를 기울 때
그들은 쾌속정을 운전한다 나의 구두끈이 끊어질 때
나의 손목시계가 멎을 때 그들은 스쿼시를 친다
그들이 마지막 문항의 답을 써내려갈 때 나는 계단
에서 구른다
그들이 낭만적인 고전 영화를 볼때 나는 막차를 놓
치고 차비를 잃는다
내가 방 안에서 입김을 내뿜을 때 그들은 페치카에
불을 밝힌다
내 얼굴에 농구공이 날아온다 그들은 서로 입맞춘다
그들이 천사의 도시에 도착한다 나는 벽장에 갇힌다
그들이 지구 반대편 해변에서 일광욕한다
나의 밤은 왼쪽만 아프다 잠은 토막 난다
내가 헛웃음을 뇌까리는 중에도

그들은 별이 뿌려진 노래를 들으며 눈물을 글썽인다

아비투스

옛날 아주 먼 옛날
무슬림이 제국의 대사관을 1년이나 점유할 수 있었
던 때 영화배우는 대통령이 되어 전투용 인공위성을
만들고 라이벌을 악의 제국이라 칭했다 교외의 따분한
학교에는 인기를 끄는 여학생 근시 안경과 치아 교정
틀을 착용한 수재 저돌적이고 단순한 운동부원 부유층
의 영식 영애 향정신성 의약품을 장복하는 낙오자가
뒤섞여 절경을 이루고 있었다 때맞춰 전학 온 남학생
물론 주인공이다 관습적 요소에 따르면 그는 거친 개
인주의자 고독한 반항아 양과 원숭이도 용떼도 꼭두쇠
는 있는 바 여자 친구를 두고 일전을 벌인다 이것은
승리와 파멸의 문제다 다음 중에서 고르시오 이긴다
반드시, 죽는다 결국, 화해한다 역시, 떠난다 다시,

청춘물

옛날 아주 먼 옛날

주석과 각하라는 호칭이 존재하던 시절 위성국 남부 도시에서 베레모를 쓴 군대가 액션 페인팅의 진수를 보여주던 때 참세상을 구현하겠다는 순진남 반정부 무브먼트에 몸 주고 마음 주는데 그 세상은 거짓은 아니지만 거대한 환상 VCR로 관람한 것은 제국군이 주둔하는 어디서나 벌이는 깜짝 퍼레이드인 것을 이것은 변절 아니면 파국의 문제다 논지에 맞게 서술하시오

힙스의 끝*

오늘은 내가 태어난 이상한 날이다

청계고가와 삼일아파트가 그대로 있다 청량리발 춘천행 통일호 열차가 운행된다 금단의 구역 너머 뉴욕도 평양도 가짜다 그런 도시들은 없다 행인들이 죄다 중학교 고등학교 동문들이다 그 좀비들은 외국어로 내게 인사한다 오래된 홍어 냄새를 풍긴다 거리는 대인지뢰 천지다 달리는 자동차에서 유탄이 날아온다 강변에 닭공장이 즐비하다 에스컬레이터가 멎었고 공중 화장실의 문이 막혀 있다 파주시는 힙스의 끝으로 불린다 박생광의 회화 속 무녀가 색채로 공수를 하자 투탕카멘이 불려 나왔다

이것은 내가 창조한 세상이 아니다

* 존 카펜터 감독 · 마이클 드루카 각본, 「매드니스In the Mouth of madness」(1995).

동부 해안의 공장

닭은 죽어서 악취를 남기는구나 실어증 아이와 깡마른 아내는 고장난 잠을 잔다 화석이 된 노파와 추장 같은 보안관이 희미한 커피를 마시는 아침 오징어 먹물색의 거리를 돌아 닭에게 간다 달려라 자폐증 컨베이어 비역질로 번식하는 마술사들을 멸하라 기계를 타고 닭을 모는 도시의 치킨 보이

영계들은 장화에 물감을 쏘고 암탉의 뱃속에는 탁구공이 가득하다

늘어진 카세트처럼 시든 시간이 뛰어간다

계절이 빈 술병 수만큼 지나도 내륙은 보이지 않는다

거실 벽지가 노려본다 마누라는 계란만 빨고

딸은 삼쌍둥이 병아리를 그린다

식탁에 닭머리 튀김이 묘비처럼 세워진다

체취는 영혼이다

날씨와 생활

태양이 구름의 커튼을 쳐 몸을 가렸다

해변의 원숭이들이 이를 드러내며 비명을 지르고

더벅머리 사내아이가 손가락으로 총을 만들어 조준한다

개들이 沙場을 가로질러 달린다

벤치에는 구루병의 노인이 앉아 있다

농구공을 던지자 그는 혜성을 본 일이 있느냐고 묻는다

리바운드를 못해 시합을 포기하고 느리게 발자국을 쫓는다

언덕에 비석이 시청 건물처럼 단단하게 서 있다

버려진 좌변기가 하얗게 떨고 있다 늙은 철학자는

공동묘지가 집으로 가는 지름길이면 13일의 금요일 밤 그곳을 지날 수 있을까라며 사라진다

원숭이들은 자신의 구두 끝만 쳐다보며 여덟 시간을 견딜 수 있다*면 버스 뒷좌석에서 메모를 하는 것보다는 나을 거라고 외친다

썰물 때가 지나자 바다는 이곳을 떠나라며 파도로

위협했다

* 윌리엄 S. 버로스, 『네이키드 런치』에서 인용.

과수원 어린이

곰팡이색 앰프라 담쟁이빛 이펙터라
기타는 합주보다 독주라는 것을 알았어요
대합으로 캐스터네츠 연주를
가끔 하늘을 뛰어다니는 아이들을 보았나요
모릅니다 모를 거예요 기타이시테마스 기대할게요

아버지는 나보다 빨리 달리고
$xy-8x+9y+4$ 그렇고 그런 순차열 조합의 네온 꺼
진 지하에서
동갑내기 지배인은 손가락으로 소녀를 능욕했지요
꽁초 같은 손가락을 파란 에나멜 구두로 비벼 끄고
싶었지만
오리도 지랄하면 날 수 있다?
가금류의 십대는 봄 방학처럼 지나가고
이십대는 주파수가 안 맞는 튜너 같았어요

나가자 씩씩하게 곱슬머리 소년들 브래지어 돌리면
서 앞장을 서서

144

싸우는 것은 상관없어요 이기고 지는 것이 중요합
니다

눈송이는 모아봤자 진물일 뿐이겠죠

다 장난이에요 그럼 당신은 아니었어요?

아니군요

농약은 과실을 기르고 인간을 죽이고

난 어쩌면 매일 태어나요

구름의 모서리가 놀에 녹을 때 행글라이더보다는 여
학생이었어요

옛날 사진을 구경하려거든 그냥 자신의 것을 보도록
해요

슬픔의 제국

별이 뜬 밤 도시가 얼룩진다 환풍기 너머의 야경이
흔들린다
서울역-중앙일보-경찰청-이화여고
의주교차로 도로 표지판의 흰 십자는 녹아내리는 중
이다
무인 현금 지급기 위의 폐쇄 회로 카메라는 고양이
눈으로 박혀 있고
내가 기억하는 전화번호들은 각각 통화 중 부재 중
결번 중 거절 중이다
해적 음반을 판매하는 손수레는 몇 년째 시시한 노
래만 부른다
단절 기억의 편린들은 게임 종료를 앞둔 테트리스
블록처럼 어긋나게 쌓이고 달리는 야간열차를 내려다
보면 조용필의 음성이 들린다
기차를 보면 어딘가로 떠나고 싶어 하던 한 소녀가
있었죠

계급장을 벗고 향토 예비군 표식을 단 전역병은 천

천히 집으로 향하고

　실연한 청년은 팔짱 낀 남녀들을 추월한다

　소파 수술을 한 여자가 검은 매트리스 위에서 마취
기운이 깨기를 기다리고

　사형수는 면회실 가는 도중 돌연 오른쪽 샛길로 인
도되자 고무신을 끌며 발버둥 친다

Pax Winterna

여름과 비교하면 코페르니쿠스적 전환인 셈이다
청회색 도시는 수은주가 영하로 내려갈 때 완성된다
청과물 시장에서 노숙하던 걸인은 끝없는 수면 속에
빠지고
음반점의 스피커에선 레디메이드 댄스 그룹이
때맞춰 취입한 캐롤이 나온다
철없는 애인은 함박눈이 내리니 만나자는데 자동차
들은 구루 증세가 심한 노인처럼 무기력하다
난방이 불통된 아파트에서 낙타털 외투를 입고
영화 「미드나이트 카우보이」를 관람한다
누명 쓴 죄수를 거만하게 출감시키는 간수처럼 백화
점들이 가격 인하 기간을 외치고 이 계절이 당신을 마
비시킨다
겨울 패권주의 손발과 귀와 그리고 의식을
밤이 긴 백 일간을 원망하는 자들은 블루 하와이언
을 마시고
47번 고속도로 베어스타운 부근은 교통 정체가 풀
릴 줄 모른다

148

일몰이 가까워지면 행인들은 부동액을 찾아 주점으로 향한다

생일

흐리던 하늘은 이내 비를 뱉어냈다.
서서히 결국 스물일곱이 되었다
나무는 꽃을 틔우지도 열매를 달지도
못했고 우물은 바닥을 드러냈다
물은 어디로 사라졌는가
천재들이 광휘의 생을 종결하는 연령에
서론조차쓸수없었다밑그림을그리지못하고
공연은커녕도입부의연주도틀렸다
물 같은 것은 처음부터 존재하지도 않았을까
파티의 한쪽에 사육제의 구석에 어둡게 앉아 있었다
축배가 없는 생활보다 더 스산한 것은
눈앞의 술잔에서 소외될 때다
거리는 유월에도 눈이 내렸고
널빤지 위에서 잠든 장 미셸 바스키아도
한여름에 순모 코트를 입고도 한기를 느끼는
키스 해링도 웃거나 울지 않았다
이 도시는 거대한 골방
빛을 차단한다

요람에서 납골당까지
閉所와 은둔의 시간이
기념일을 맞아 비를 맞고 있다

좀비

쥐색 하늘의 오후 국립묘지의 표층을 뚫고 1979년
형 시신이 걸어 나온다 초코와 바닐라가 섞여서 녹은
아이스크림 눈동자를 굴리며 물어뜯는다 연인도 친구
도 혈육도 동일화되어 비칠거리며 시가지를 배회한다
신촌에서 강남역까지 청량리에서 영등포까지 살아난
시체들의 밤이다 청년은 백화점 로비에 서 있다가 지
금 실내가 온통 움직이는 송장들로 가득하다는 것을
깨닫는다 머리통을 쏘아야만 죽는다 부활한 주검들 지
난 시대에 그랬듯이 피신한 옥상 한 번 죽은 탓에 의
식없는 신체적 위해를 가해도 소용없는 집쥐떼들 거기
서 보았다 좀비들의 제사장 늙은이 얼굴을 이름이 네
온사인으로 빛난다 쳇소리의 외침이 들린다 이보게 제
군 곧 아동용 위인전기가 출간될 거야 재생되는 장밋
빛 신화지 청년은 방아쇠를 당길 악력이 없다

압생트

세면대에 물이 넘치는 밤 그녀에게 들어갈 수 없는
침실 밝은 립스틱의 입술을 벌리자 송곳니가 길어진다
별이 폭발하고 해변은 검은 눈물을 흘린다 피 묻은 갈
매기가 지붕에 떨어진다 숲에 가면을 쓴 사내가 딕키
스 작업복을 빼입고 서성인다 희생양은 달빛을 마시지
못한다 주정꾼은 동공의 은어를 믿지 않는다 폭스바겐
비틀이 개처럼 웅크려 잔다 도끼가 없어진 밤 혀가 마
비된 목구멍 항성들이 사라진다 상어가 악령처럼 다가
온다 가르마가 조소하자 깁슨 레스폴이 훌쩍이는데 난
쟁이는 관절을 꺾는다 소리 없는 전화가 오는 밤 쥐
난 허벅지가 각성제로 변한다 깊은 하늘이 몸을 당기
면 모래가 지네처럼 꿈틀댄다 두 개의 반달에 금이 가
면 머리카락이 얼굴을 가린다 치즈가 침대에서 춤을
춘다 엄지가 죽여달라 부탁한다 성기가 숨어 천사가
된 새벽이 온다

감각의 깊이와 가치

춘장을 볶는 향이 퍼졌다
끓는 기름에 빠진 통닭이 지나갔다
연한 허벅지를 드러낸 여자가 검은 양말로 종아리를
가린 여자가 옆으로 와 앉았다
마침 나는 옥타비오 파스의 「감촉」을 읽고 있었다
여자는 암컷의 살냄새를 풍겼다
스무 살에 처음 맡았던 그것이 떠올랐다
앞자리 중늙은이의 니코틴과 타르에 절여진 피부가
여자의 향수를 지웠다
시간이 지나 그녀는 혼자 있기 위해 다른 의자로 걸
어갔다
뇌는 여자의 다리를 물고 살갗에 침을 발랐지만
홍채는 「바로 그 시간」이 기록된 곳으로 넘어간
책장에 초점을 맞추었다
코가 느끼는 감흥이 입이 맛보는 그것보다
눈이 먹어치우는 질감이 손이 감상하는 그것보다
복잡하고 강렬한 세계를 상상했다
여자는 백화점으로 들어갔다 나는 그녀의 뒤를 따

랐다

   새 구두를 사기 위해

워너 형제 활극

희생양의 복면을 쓴 칠리 고추와
검은 털의 이드가 격돌한다
선인장이 정수기로 서 있는 사막의 국도
무리에서 이탈한 야생 코요테가
사구를 소묘하는 산문이나 쓰다가
목이 길어 도색적인 짐승을 발견한다
욕망은 작명가 너를 명명하마
코앞에서 허리를 돌리는
중지에 닿을 듯한 로드러너
가속이 붙은 허기보다
내성이 생기는 굶주림을 선택할 수 있다면

수감된 트위티는 견딜 만한가
수형자는 적응이라고 인쇄된 카드로 블랙잭을 한다
단식 투쟁? 주판으로 통계를 내지 그래
출감은 지구 패망과 함께 오겠지
검은 好色의 괭이가 없으면
시간은 곱게 늙은 꼰대처럼 따분할 텐데

156

실베스터 젖줄 같은 내 눈을 봐라
도박은 육체가 하는 거야
특식을 맛보려면 자유롭게 사용해

미니멀리즘의 후예

깨진 조개 속에는 진주가 없었다

닳은 테니스화 뒤축은 좌우 대칭이 달랐다

수면을 찌르는 비는 흔적을 남기지 않았다

커피에서 비릿한 짠맛이 났다

레코드판에 흠집이 나서 듣지 못했다

노인은 수평선을 바라보며 죽을 날을 기다렸다

126번지

　한낮이 때문어 거뭇해지면 상한 개떼들이 몰려오는
언덕 계단에 선 채 취할 때 밤은 타국어로 소년을 호
명한다 노란 허벅지가 선명해지고 풀려난 유인원이 빈
병을 흔들면 간판은 짧게 주정한다 거리의 주인은 저
지대를 굽어보다 강을 잠시 짝사랑한다 병든 아침이
접근하기 전에 어두운 복도로 달아나고 싶은 엽서들
미친 새벽 기차는 속도를 사랑하는 법에 대해 함구하
고 나른한 푸른빛이 배달부를 축복한다

냉염(冷焰/冷念)의 시인 MC S1,
회색의 도시를 'Diss'하다

강 계 숙

피리 부는 사나이가 있었다

레드 제플린의 너무도 유명한 곡 「스테어웨이 투 헤븐 Stairway to Heaven」에는 '피리 부는 사람'을 뜻하는 'the piper'가 두 번 등장한다. "만일 우리가 명한다면, 피리 부는 이가 우리를 이성의 세계로 인도할 거예요. 〔······〕 당신이 알지 못할 때에는 피리 부는 이가 자신과 함께 하자며 당신을 부를 거예요. If we call the tune/Then the piper will lead us to reason/〔······〕 In case you don't know/the piper's calling you to join him" 노래의 흐름에 따라 이 구절을 이해한다면, 'piper'는 무지와 주저 속에 방황하는 이들을 새로운 감정과 의식의 세계로 이끌어주는 인도자로 풀이된다. 또는 "비용을 낸 자에게 결정권이 있다 He who pays the piper calls the tune"는 속담의 인유로 보아 '요청을 받아 행하는 자'로 이해할 수도 있다. 그러나 레드 제플린의 전성기가 서구의 히피 문화가 절정에 달했던 1970년대 초중반이었음을 떠올린다면, 미몽(迷夢)에 사로잡힌 이들을 일깨워 '다른' 세계로 이끄는 'piper'는 초월과 각성의 촉매제로 사용되었던 마리화나, 해시시 등의 마약을 뜻하는 메타포로 읽히기도 한다. 당시 많은 록 뮤지션들이 자신들의 음악적 능력을 배가하기 위해 마약을 상습적으로 복용했다는 사실은 이러한 혐의를 더욱 설득력 있게 만든다. 하지만 이러한 추측들에도 불구하고 'piper,' 즉 '피리 부는 사람'이 이같은 취지tenor를 대신하는 기표로 선택된 까닭은 잘 알 수 없다. 아마도 답은 우리에게도 익숙한 동화 「피리 부는 사나이」에 있을 것이다.

로버트 브라우닝에 의해 작품화되기도 한 「피리 부는 사나이」는 '약속을 지키지 않으면 낭패를 본다'는 교훈을 담은 동화의 하나로 알려져 있다. 그러나 이 이야기의 숨은 매력은 그러한 도덕적 교훈성에 있지 않다. '피리 부는 사나이'가 보여주는 주술적 힘과 강한 흡인력, '지금 여기'보다 더 좋은 세계를 장담하는 마술적 전망의 최면술, 그리고 그것에 매혹되어 죽음의 공포도 잊고 집단 자살하는 쥐들과 무아지경의 백치 상태 속에 흔적도 없이 사라져버린 아이들은 형용하기 힘든 신비와 공포를 불러일으킨다. 이러한 불가해한 상황의 핵심에 놓여 있는 것은 무소

불위(無所不爲)의 마력을 발휘하는 피리 소리인데, 여기에는 음악으로 대표되는 예술의 위력이 상징적으로 함축되어 있다. '피리 부는 사나이'의 모티브가 다양한 장르에서 차용되고 변용되는 까닭은 피리 소리에 함축된 예술의 근원적 힘, 즉 삶의 고통을 잊게 하는 치유력과 위무의 능력, 초월의 계기와 극적 계시의 제공, 개별 존재들을 통합시켜 하나의 집단적 단일체로 전환시키는 디오니소스적 도취의 기능 등 예술에 부여되어온 절대적 위의(威儀)가 이 짧은 에피소드 속에 집약되어 있기 때문일 것이다. 그런 점에서 「피리 부는 사나이」만큼 음악(예술)의 의의와 영향력에 대해 강한 인상과 여운을 남기는 이야기도 드물다. 이런 사정 때문인지 'piper'라는 단어나 그와 비슷한 인물 유형은 「피리 부는 사나이」와 모종의 상호 텍스트적 관계를 형성하는 경우가 많다. 레드 제플린의 명곡 「스테어웨이 투 헤븐」의 경우에도, 기표에 새겨진 옛이야기의 흔적으로 인해 가사 속 'piper'는 어디로 가야 할지, 무엇을 해야 할지 모르는 이들을 이끄는 '길잡이'라는 상징적 기의를 획득하게 된다. 그리고 마약을 지칭하든 다른 무엇을 지칭하든, 'piper'라는 단어가 선택된 데는 음악과 예술의 힘을 긍정하는 이들 그룹의 (무)의식이 암암리에 작동하고 있음을 짐작할 수 있다. 뛰어난 테크닉과 실험 정신, 예술가적 자의식과 독창적인 음악성의 구현으로 록 음악이 대중 예술과 고급 예술의 경계를 어떻게 허물어뜨

릴 수 있는가를 보여준 포스트모던 시대 최고의 뮤지션인 레드 제플린이지만, 'piper'라는 기표 속에 숨겨진 음악의 의의에 대한 이들의 (무)의식만큼은 예술의 가치를 절대화하는 낭만적 미의식에 근거하고 있음을 우리는 눈치 챌 수 있다.

그런데 레드 제플린의 전성기로부터 불과 30여 년 밖에 흐르지 않았고, 문화적으로 주변부성을 면치 못하고 있는 서울의 한복판에서, 한 젊은 시인의 상상 속에 다시 등장한 'piper'의 형상은 포스트모던 시대를 연 히피 문화 세대의 그것과 너무나 다르다. 그는 포스트모더니즘 미학의 대표적 기법들을 매우 표나게(!) 취함으로써, 자신이 재구성한 '피리 부는 사나이'가 '탈근대적인 것'임을 공공연하게 선언한다.

색소폰 부는 사나이도 있다

이승원의 시 「나의 사랑하는 탈근대 도시」에 등장하는 "색소폰 부는 사나이"의 이야기는 원작과 비교할 때, 사건의 시공간적 배경과 도시의 풍속, 그에 따른 세목이 다를 뿐 모티브나 플롯은 원작과 크게 다르지 않다. 그런데 바로 이 세부가 다르다는 점이 원작의 낭만적 성격을 휘발시켜 청년의 공상을 터무니없는 재담으로 만든다. 중앙

집권적 정부가 체계적으로 국민을 관리하고 통제하는 고도의 테크놀로지 사회에서 악기 소리 하나로 수억 마리의 바퀴벌레가 사라지고, 특정의 군중이 현혹된다는 것은 비현실적이다 못해 어불성설일 지경이다. 신비한 중세의 전설이라는 컨텍스트에서 21세기 메갈로폴리스의 상징적 극화(劇化)라는 컨텍스트로 이입되는 순간, 원작은 본래의 아우라를 잃고 희화화된다. 'piper'의 신화적 지위는 땅으로 추락하고, 코믹 패러디의 히어로로 통속화된 "색소포니스트"가 우리 앞에 나타난다. 맥락의 변경이 이야기의 의미뿐만 아니라 그것의 가치마저 변경시키고 있는 것이다. 그런데 이러한 예상 가능한 지적에 대해 청년은 다음과 같이 항의한다.

청년은 공상을 완성했지만 주위 반응은 냉담했다

첫째 독일의 전설과 로버트 브라우닝의 저작을 표절했다는 의혹이 일었다 청년은 이것은 풍자 즉 패러디다라고 맞섰다

둘째 언술이 진부하고 상투적이라는 지적이 있었다 청년은 의도적 클리셰이기 때문이다라고 반박했다

셋째 이야기 구조가 조야하다는 비판이 제기되었다 청년은 의식적으로 키치적인 구성을 취했다라고 쐐기를 박았다

넷째 여기저기서 가져다가 짜깁기한 소재나 표현이 전혀 신선하지 않다는 비난이 나왔다 청년은 혼성모방 즉 패스티쉬

기법이 기시감을 주는 것은 당연하지 않은가라고 반문했다

다섯째 특정 정치인을 조롱하는 인터넷 게시물들과의 변별점은 무엇인가라는 질문이 던져졌다 청년은 시장의 존재는 맥거핀일 뿐이다라고 답변했다

마지막으로 이것은 요설인가라는 화두가 떴다 청년은 여기에서 해학과 엘레지의 고갱이를 보지 못하는 것은 당신의 문제이며 나의 세계와는 상호 길항한다라고 설파했다

―「나의 사랑하는 탈근대 도시」 부분

패러디, 의도적 클리셰, 키치적 구성, 패스티쉬, 맥거핀 등의 차용이 자신의 의도에 따른 것임이 주장되면서 청년의 공상은 전통적인 근대 미학의 잣대로 설명될 수 없음이 강조된다. 그의 주장에 따른다면, 주위의 냉담한 반응은 탈근대적 미학을 용납하지 않는 고전적 완고함과 천재성, 창조성, 유일무이한 개성을 중시하는 폐쇄적이고 보수적인 미학 개념에 따른 것이다. 'piper'의 모방적 변용이 중심 내용으로 전개되었던 이 시의 방향은 청년의 공상을 둘러싼 논쟁이 제시되면서 근대/탈근대, 모더니즘/포스트모더니즘 등 이제는 진부한 담론으로까지 여겨지는 미학적 대립과 입장 차이의 문제로 수렴되고 있는 것이다. 그렇다면 'piper'의 모상simulacrum을 의도적으로 제시함으로써 미학 이론들 간의 첨예한 다툼을 주제화하는 것이 이 시의 본래 목적인가? 물론 그러한 추측도 가능하다.

'청년'을 시인 자신의 이미지로 본다면, 청년의 항변을 통해 시인은 자신이 추구하는 시의 스타일과 시작(詩作) 방법을 제시한 것이라고 볼 수 있다. 이 시가 시집의 첫머리에 놓인 까닭도 이와 무관하지 않다. 실제로 영화, 사진, 도서, 인터넷 게임, 인디 록, 어린이 동화, 광고 라벨, CD 부클릿, 문학 작품, 팝송, 트로트 가사, 무협지, 뉴스기사 등 다양한 문화적 산물이 시의 소재로 차용되고 변주되고 샘플링된 예를 우리는 시집의 도처에서 발견할 수 있다. 흡사 포스트모더니즘론에 충실한 시란 어떤 것인가를 실험하기 위해 시작(詩作)이 행해진 듯 보일 정도이다. 그러나 탈근대적 예술품을 만들기 위해 시가 쓰여진 것이라면, 그것은 시를 물화(物化)하는 과정이라고 칭할 수밖에 없다. 따라서 이 시를 시인의 창작 방법론이 직접 제시된 경우로 보는 것은 순진한(?) 해석이기 쉽다.

「나의 사랑하는 탈근대 도시」에 내포된 복잡한 내용 층위를 이해하기 위해서는 시의 첫 구절인 "이 이야기는 실화를 바탕으로 구성된 것이다"에 주목할 필요가 있다. 이 문장의 "이야기"는 청년의 소개, 그의 공상, 공상을 둘러싼 논쟁, 마지막 에필로그까지의 내용을 모두 가리킨다. 그런데 청년의 공상이 「피리 부는 사나이」의 패러디임이 드러나는 순간, '시인'의 형상을 한 청년은 공상 속의 "색소포니스트"와 동일한 지위에 놓이게 된다. 즉 '피리 부는 사나이'의 희화화와 시인-청년의 희화화가 동시에 진행되는 셈이다. 뒷부분의 논쟁은 청년의 진정성을 강화하기보다, '피리 부는 사나이'가 "색소포니스트"로 둔갑되며 탈신화화되듯, 역으로 청년에게서 시인의 이미지를 거두어간다. 그 결과 청년은 사이비-시인으로 의심된다. 이는 청년의 일화와 색소포니스트 이야기가 액자식 구성을 따라 대위법적으로 병행되면서 내화(內話)의 주 기법인 패러디의 풍자성이 외화(外話)에도 강한 영향력을 미쳐 청년 또한 "실화"의 실제 주인공이 아니라 시뮬라크르된 인물로 인식되게끔 만들기 때문이다. 이제 "실화"는 거짓과 날조의 허구물이라는 뜻으로 그 의미가 역전된다. 그리고 "이 이야기는 실화를 바탕으로 구성된 것이다"라는 문장은 말뜻 그대로 읽히지 않는 믿을 수 없는 진술이 된다. 주목할 것은 이러한 신빙성의 상실이 시를 읽는 독자에게 일종의 소격효과를 발휘한다는 점이다. 요컨대 "실화"라고 언명되었으나 "실화"가 아닌 "구성"된 거짓이라면, 이 야기 속의 이론적 다툼은 거리를 두고 판단될 것이 요구된다. 독자는 청년의 공상을 둘러싼 미학적 논쟁의 두 입장 모두 정당하고 타당한 것인지 다시금 생각해보아야 한다. 이로써 각 이론 간의 대립적인 입장 차는 논쟁의 대상이 될 수 있어도, 시비(是非)의 대상은 될 수 없음이 분명해진다. 앞서 이 시를 작자가 포스트모더니즘을 옹호하고 그것을 자신의 창작 원칙으로 공표한 경우로 이해해서는 곤란하다는 지적을 했는데, 각기 다른 미학적 견해를 동등한 위치에 놓고 팽팽하게 견주는 균형 감각뿐만 아니라, 그러한 대등한 견줌을 통해 자신이 시도하는 시적 실험들 또한—마치 "실화"가 조작된 거짓이 아닌가 의심되게끔 만들듯— 회의(懷疑)의 대상으로 만드는 시인의 자기 직시의 태도는 중시될 필요가 있다. 상반되는 담론의 차이를 수용하고 자기 시작(詩作)의 이론적 근거가 지닌 약점을 인정하는 태도가 전제되어 있지 않다면 논쟁의 시작은 있으나 끝은 없는, 열린 텍스트로서의 "이야기"는 불가능하다. 오히려 논쟁은 「나의 사랑하는 탈근대 도시」 이후부터 본격화된다. 이 시가 시집을 여는 서시(序詩)로 자리 잡은 까닭은 "아직 들려오지 않는" "청년에 대한 후일담"을, "회색시대의 멸망을 애도하며" "공상 속 색소포니스트처럼" "트럼펫을 불고 있을지"(「나의 사랑하는 탈근대 도시」) 모를 청년의 뒷이야기를 시작하기 위해서이다.

세계는 사물의 세계, 근미래의 도시이다

사실 「나의 사랑하는 탈근대 도시」에서 벌어지는 모든 사건은 '지금 여기'가 "탈근대 도시"인 '메갈로폴리스 소돔-고모라-고담-씬 시티'라는 데서 발생한다. 이 시가 궁극적으로 문제 삼고 있는 것은 '피리 부는 사나이'의 몰락이나 그것을 공상하는 사이비-시인의 등장, 혹은 모더

168

니즘과 포스트모더니즘 미학 간의 논쟁도 아닌, 이 세계의 탈근대적 전환 그 자체이다. 전체 시공간을 아우르는 "탈근대 도시"가 시의 제목으로 전경화된 것도, 시에 나타나는 참-거짓, 실화-허구, 원작-모작, 작품-비평 간의 모호하고 불투명한 겹침도, 근대의 형성을 가능케 한 물질적, 정신적 토대가 해체되고, 그로 인해 세계의 투명성, 일의성, 단일성에 대한 믿음이 붕괴되는 상황을 자기 반영한 결과라 할 수 있다. 그런 점에서 보면 시인 이승원이 시집 전체에 걸쳐 도모한 형식 실험의 의도는 의외로 간단하다. '탈근대화 되어가는 세계에 살면서 어떻게 근대적 양식에 따라 시를 쓸 수 있겠는가?' 새로운 내용을 낡은 형식에 담을 수 없다는 것, 이것이 이승원의 시세계를 관통하는 일관된 문제의식으로 보인다. 그리고 이 점이 시인이 스스로에게 제기하는 가장 핵심적인 화두이다. 그가 일련의 탈근대적인 창작 기법에 의지하여 다양한 방식의 시 쓰기를 시도하고 있는 것은 이러한 문제를 자문(自問)한 결과로 이해된다.

  그런데 이러한 기법의 활용은 이승원의 시들을 진부한 것으로 여겨지게 만들 공산이 크다. 이 같은 최첨단의 기술(記述) 방식도 더 이상 새롭게 느껴지지 않을 만큼 상투화되고 일반화되었기 때문이다. 그러나, 그럼에도 불구하고 이승원의 시편들이 현실에 대한 '리얼한' 문학적 조망으로 읽히는 이유는, 탈근대 사회로의 진입이라는 사회학적 개념이 더 이상 추상적인 담론의 차원이 아니라, 혹은 도처에서 예고된 막연한 징후로서가 아니라, 구체적이고 직접적인 삶의 경험으로 감각되고 인지됨을 강하게 환기하기 때문이다. 그가 시의 소재로 차용한 많은 문화적 산물들은 개인적 체험과 생활 습속의 실제적인 반영물들이다. 갱스터 영화 속의 총격전이 현실에서 전개되고(「드라이빙 바이 슈팅」), 007 영화의 캐릭터들이 실존 인간으로 다루어지며(「기관원 본드 씨 VS 카낭가 박사」 등), 인터넷 게임에 따라 일상생활이 작동되고(「가상 자아의 세계적 유형」), 괴기 소설의 주인공이 대학원 석사가 되어 실험하는 광경(「고통의 집」)은 가상의 이미지가 아니라 현실의 모사로 읽힌다. 그만큼 현재 우리의 삶은 지겨우리만치 사물—인간 사회의 원활한 운용을 위해 고안되었으나 기능주의의 만연과 함께 가공할 증식력으로 인간의 영역을 장악하고 독점함으로써 물체에서 육체로 형질 전환된 도구들—에 밀착해 있다. 그리고 사물에 밀착된 만큼 기술적 사물의 본래 형태인 추상적 형태를 닮아간다.

PLAY

나는 평범한 회사원이다 두 시간이 걸려 귀가하니
  여섯 살짜리 딸아이가 아빠 전민호하고 곽지용하고 고상민이 머리에 케첩을 뿌렸어 선택지는 세 가지 내일 부모 참

관 수업에서 교사에게 건의한다 아이들을 타이른다 부모들
에게 항의한다

　거부를 누르고 국면을 바꾸자 모교의 교수가 된다

　창작 실습 강좌 강강술래 모닥불 피워놓고

　윤무한다 어떤 자는 노를 젓고

　어떤 자는 빙빙 돈다고 가르친다

　대개는 분수를 모른다

　발딱 일어나 저에게만 애정＋를 주세요라고 지저귄다

　　　　　　　　　—「가상 자아의 세계적 유형」부분

　전원 또는 파워 온을 누르세요. 메뉴에 화면 조정 기능이
있습니다. 만일 자동영상 설정으로 되어 있다면 즉시 해제
하세요. 인생에 자동으로 되는 일은 없습니다. 진홍색감이
중력 작용으로 떨어져도 당신 입에는 안 갑니다. 명심하세
요. 이제 다음 해결할 과제는 선명도. 선명도는 세부를 상
세하게 표현해 결과적으로 화질을 거칠게 만듭니다. 애정
성, 평화성 따위처럼 언어로 당신을 교란하는 겁니다.
〔……〕수치를 0으로 설정하세요. 어때요. 전체적으로 부
드러워지지 않았습니까? 밝기와 명암은 방송을 보면서 취
향대로 조절하세요.〔……〕티브이는 인간의 피조물입니
다. 장미색을 실제보다 더 짜릿하게 표현하기 위해 태어났
습니다. 이제 화면을 보세요. 만개하지 않았습니까?

　　　　　　　　　　　—「생활의 지혜」부분

사물의 힘은 추상성에 기반하며 그로 인해 무한한 기능성과 가능성을 소유한다. 인간은 사물들이 형성하는 현실 속에서 점점 무의식적으로 되어간다. 사물이 이루는 이 추상화가 현실 그 자체이며, 인간은 그것에 점령되고 장악된다. 위의 두 시편은 사물— 혹은 사물이 만든 가상— 이 제공하는 추상화 속에서 인간이 가장 구체적으로 실존하게 된 역설적 상황을 보여준다. "인간의 피조물"인 TV가 실제의 장미보다 더 "짜릿한" "장미색"을 표현한다는, 즉 시뮬라크르가 실체를 대체한다는 지적은 이제 익숙한 내용이다. 이승원의 시는 우리가 더 이상 사물과 적당한 거리를 유지할 수 없음을, 감각과 인식, 사적 체험과 표현, 그것의 공적 공유 등 인간 고유의 영역이 사물의 힘에 이끌려 사물의 체계 속으로 이입되어감을 보여준다. 그리고 본시 추상적 형태로 생겨났으나 거듭되는 진보로 인해 구체적 기능과 실제적 힘을 얻게 된 사물의 발전 경로를 이제는 사물 체계에 편입된 인간이 역으로 밟아가고 있음을, 다시 말해 인간이 사물의 추상성에 덧붙여진 부가적 기능체로 살아가고 있음을 보여준다.

이렇듯 고통스럽고 귀찮을 정도로 인간 사회와 결합된 사물은 세계의 조망과 전망을 불가능하게 만들고, 객관적 시각이나 자유로운 관점, 공평무사의 태도를 천진난만한 기대가 아니면 허위에 찬 거짓으로 만든다. 벤야민은 비

172

판이란 하나의 관점을 유지하는 것이 가능한 세계를 고향으로 한다고 말한 바 있다. 이는 하나의 관점을 가지는 것만이 비판을 가능케 한다는 뜻이 아니라, 적어도 어떤 관점을 가져야만 비판이 가능해짐을 의미한다. 그런데 관점의 보유를 위해서는 대상과의 거리두기가 필연적으로 요구되는데, 사물과의 적당한 거리두기가 어려워진다는 것은 그에 대한 비판이 불가능해짐을 뜻한다. 그렇다면 사물과의 거리 조정에 무관심한 듯 보이는 이승원의 시들은 비판적 사유를 결여하고 있는 것일까? 아니, 그렇지 않다. "회색시대"(「나의 사랑하는 탈근대 도시」)를 향한 이승원의 비판은 역설적이게도 사물과의 거리 조정이 사라진 데서 나온다. 흡사 영화 「매트릭스」의 네오가 매트릭스를 붕괴시키려 매트릭스 안으로 들어가듯, 또는 애니메이션 「공각기동대」의 쿠사나기 소령이 인형사와 융합하여 네트의 바다를 부유하듯, 이승원은 의식적으로 사물 속으로 들어간다. 그는 영화와 게임과 사진과 광고 속에 거한다. 그리고 사물 체계와의 결합 속에서 인간에 대해 말한다. 비유컨대, 사물의 세계에 위치한 이승원의 시적 자아는 인간의 시선이 아닌, 제3의 생명체로 화한 쿠사나기 소령의 시선으로 회색의 도시를 바라본다.

　바람을 타고 샴푸 냄새가 다가왔다
　가끔 자동차가 망설이며 질주했다

갈림길에는 눅눅하고 서늘한 빈집이 있었다
그곳은 이십 년 동안 아무도 살지 않았다
저택의 노란 불빛에 빈집의 푸른 암흑에
다리는 침대를 찾아 흔들렸다
경비 초소는 모퉁이마다 있었지만 경비원은 보이지 않았다
이정표처럼 환한 소음과 반짝이는 간판들이 나타났다
소방서가 모습을 드러냈다
— 「내리막길의 푸른 습기」 부분

고층건물은 밝고 차가웠으며 텅 비어 있었다 오래된 학교
들은 고요한 상태를 유지했다
풍요와 아름다운 것을 혼동하는 거리에서 백화점은
내부의 전등이 아닌 밖의 조명으로 제 몸을 환하게 비추
었다
고급품의 상점들이 스칠 때 갈증이 나기 시작했다
[……]
도심의 옛집과 성당이 우체국이 그림책처럼 펼쳐졌다
터널 안에서 창문은 거울로 변했다 버스는 이내 산을 통
과했다
죽은 자들의 시가지와 술집의 길목과 수술대가 모여 있는
대학 병원이 지나갔다   — 「143번 버스」 부분

이승원의 시에 나타나는 도시의 형상은 온갖 사물로 가

득 차 있지만, 무언가 나타나는 즉시 사라지고 사라진 자리에 다른 어떤 것이 새로 채워지는 무한 축조와 조립의 공간이다. 위의 시들에서 잘 드러나듯 페이드인, 페이드아웃되는 화면의 연속처럼 사물의 나타남과 사라짐이 망막을 스친다. "맑고 차가워" 보이는 이러한 공간의 내부는, 그러나 "텅 비어" 있다. 무언가 다가오고, 질주하고, 나타나고, 드러나고, 비추고, 펼쳐지고, 지나가지만, 있거나 살거나 '거기 존재한다'고 칭할 수 있는 것은 없다. 사물은 있으나 존재는 없는 공간, 거듭되는 사물의 생산과 축적이 도시를 형성하지만 부재와 공허가 그 내부에서 동시적으로 생성되는 이러한 공간은 "탈근대 도시"를 이끌어가는 본질적 메커니즘이 무엇인가를 암시한다. 그것은 공동화(空洞化)의 영원한 지속이자 최종적 귀결점으로서의 무(無)의 구성이다. 이러한 세계에서 과연 '인간 — 만물의 영장이자 인식의 척도이며, 자율적 주체로서 '인간다움'을 실천하는 존재 — 의 실존이 가능한 것일까? 이승원 시의 시적 자아는 '인간'을 볼 수 없다. 그의 눈에 포착된 것은 "죽은 자들"이거나 "시체" 아니면 "좀비"(「좀비」)이다. 그가 "나는 살아 있는 것이다"(「143번 버스」)라고 말할 수 있는 유일한 근거는 기계(버스)의 속도를 따라, 기계(버스) 내에 있기 때문이다. 좀비-인간의 체계에 속하지 않음으로써 그는 자신의 살아 있음을 확인할 수 있다. 이는 사물들 앞에서의 인간의 초상이 얼마나 기묘하

고 낯설고 섬뜩한 것인지를 보여준다. 이승원 시에서의
인간 형상이 대체로 공허하고 불안하며 날카로운 추상화
로 표상되는 까닭은 시인이 사물의 편에서 인간을 바라보
기 때문이다. 그 때문인지 인간을 향한 그의 비판은 자신
의 표현대로 "증오"(뒤표지 글)에 가까울 만큼 신랄하다.
그의 시를 일관하는 반인간주의는 이러한 맥락과 무관하
지 않다.

　그런데 여기서 한 가지 궁금증이 생긴다. 그는 어떻게
사물의 체계 속으로 들어갈 수 있었을까? 아마도 그것은
그가 과거나 현재가 아닌 근미래에 살기 때문일 것이다.
이승원이 그리는 도시의 풍광은 '지금 여기'의 모습이 아
니라 예상 가능한 미래의 것인 경우가 많다. 가령 서울의
현재를 소돔-고모라-고담-씬 시티라는 메갈로폴리스로
재명명한 까닭은 기술적 사물들의 체계가 인간과 무관하
게 구성되고, 서로를 참조하여 단일하게 통합된 질서를
형성하는 가까운 미래가 되면, 특정의 정체성도 보유하지
않은 무국적의 거대 도시가 이 세계를 대체하리라는 디스
토피아적 예견에 따른 것이다. 이러한 세계에서라면 인간
의 사물 체계로의 통합은 더욱 심화될 터이다. 시인은 이
러한 예측을 바탕으로 근미래의 도시에 스스로를 위치지
음으로써 '지금 여기'를 향한 비판적 사유의 토대를 마련
하고 있다. 이승원의 관점은 미래의 도시로부터 부여되고
있는 셈이다.

MC S1은 냉염(冷念/冷焰)의 시인이다

이쯤에서 잠시 잊고 있던 이야기를 떠올려보자. 자신의 공상을 인정받지 못한 사이비-시인-색소포니스트-청년은 그 후 어떻게 되었을까? 그가 사이비-시인이 아닌 진짜 시인을 희망한다면, 무엇을 어떻게 해야 할까? 이 질문은 이승원이 그의 시작(詩作) 전체에 걸쳐 반문하는 질문이라 해도 과언은 아니다. 그는 탈근대 사회로의 역사적 전환이 자명한 사실로 여겨지는 작금의 현실에서 전통 시학에 바탕을 둔 서정시의 추구가 시대의 변화에 부응하고 그에 대응하는 문학적 지향점으로서의 역할을 충분히 해낼 수 있는가에 의문을 표한다. 동일성의 해체가 시대의 당위로 요청될 만큼 탈근대적 기획과 구상이 사회적 정당성과 설득력을 획득하고 있는 이때에 세계와 자아의 동일화를 목적하는 서정 시학의 비전은 이승원에겐 낡은 관념으로 다가온다. '좋은 옛날 것 위에 건설하지 말고, 나쁜 새로운 것 위에 건설하라'는 브레히트의 좌우명에 반향하듯, 그는 서정시의 고전적 위상을 지키는 시 쓰기가 아니라 오히려 그것을 해체하고 전복하는 '다른' 방식의 시 쓰기에 몰두하고 있다.

'나쁜 새로운' 시를 향한 이승원의 의식적 노력은 고급 예술로서의 시의 지위를 이전시키는 데서 출발한다. 그는 고급문화로서의 모더니즘적 엘리트성과 독립성, 자율성을 시에서 거둬내고, 대중의 취향, 흥미, 감수성을 반보수주의, 급진성, 사회적 저항성과 적극 결합시킴으로써 대중 미학의 가치를 새로이 정식화하도록 만든 하위문화 subculture의 영역으로 시를 근접시킨다. 이는 시의 위의(威儀)를 새롭게 조정하려는 의도로 풀이되는데, 이승원은 시를 문화적 경계에 위치시킴으로써 서정이 아닌/없는 '노래'의 창조를 모색한다. 그는 시가 "거리의 시"(「다항식」)로, 즉 새로운 '노래'로 탈바꿈하길 희망한다. 래퍼 MC S1은 바로 그러한 바람에서 탄생한 시인의 이상적 자기 이미지이다.

MC는 래퍼rapper들이 자신을 전문적인 랩 가수로 지칭할 때 쓰는 약어이다. MC의 표식에는 자신을 시인과 진배없다고 생각하는 래퍼들의 자긍심이 숨어 있는데, '나는 진실을 말한다. 나는 시인이고 나의 가사는 시이며, 나의 시는 당신의 마음을 움직인다'라는 의식 없이 MC의 호칭을 붙이는 것은 래퍼들 사이에선 허용될 수 없는 불문율로 통한다. 래퍼를 시인으로 볼 수 있는가라는 문제는 여기서 논의될 성질의 것이 아니지만, 이들이 스스로를 '거리의 시인'으로 자인할 만큼의 미적 자의식을 소유하고 있다는 점은 이승원이 이들에게 동질감과 연대감을 느끼는 연유를 짐작케 한다. 무엇보다 절취cutting와 표본화 sampling, 긁기scratching와 혼합mixing을 활용하는 랩의

형식은 분열적 파편화와 브리콜라주, 패스티쉬의 효과를
낳는데, 이승원은 이러한 랩의 미학을 그의 시에 접목시
켜 독특한 리듬의 시를 만들어낸다.

　내가 아직 자라고 있었을때

　집엔 아버지의 번쩍이는 지휘봉이 길에 나가면 털 많은
미군들의 다리가 흔들렸지 그것들은 몹시 길었어

　내가 아직은 다 자라기 전에

　학교에는 교사의 짙은 회초리와 손위 아이들의 거친 각목
이 건들거리고 일요일마다 어둡고 빨간 십자가가 매달렸지
그것들은 매우 길었어

　〔……〕

　내 세례명은 신의 이빨 Diss의 천재 MC S1

　당신들은 원반 없는 프리스비 시중은행의 화폐 견양

　트레이가 열리지 않는 재생기야 못생겼어

　무더위 속 냉기처럼 한파 속 열기처럼 나는 겸손하지는
않을 테야

　바람의 방향이 변한 거지

　나의 사주는 신의 언어 BAR가 세 개면 잭팟

　메탈리카 셔츠와 아디다스 신발

　張三李四 朝三暮四

　침몰하는 연락선 숲 속의 바보　　　──「MC S1」 부분

'Diss'는 상대방의 허점을 랩으로 공격하는 힙합 음악의 한 스타일이다. 그것은 사적 감정의 단순한 표현이기보다 공감대를 형성할 수 있는 주제와 비판 의식을 겸비할 때, 진정한 의미의 'Diss'가 된다. 이 시는 그러한 'Diss'의 스타일과 목적을 재전유하는 가운데, 불연속적으로 단절되는 파편적인 구문을 반복, 변주, 나열함으로써 회색 도시와 좀비-인간을 향해 던지는 날카로운 풍요(風謠)가 된다— 'Diss'의 양식과 반복되는 라임rhyme의 구성이 새로운 리듬을 형성하면서 풍자적 노래를 창조한 또 다른 예로 「Real Rhyme」을 들 수 있다. 이승원에게 시인과 래퍼는 별개의 범주가 아니다. 시인과 래퍼의 이러한 결합은 이승원 시의 독특한 스타일을 이해하는 데 중요한 단서를 제공하는데, 우선 랩 음악의 주요 특징이 즉흥성과 일회성이라는 점에 주목할 필요가 있다. 래퍼가 있는 그 자리에서 연주되고 실행되고 종결되는 랩은 기본적으로 수행성의 장르라 할 수 있다. 'emceeing'(랩을 읊조리는 것)을 시작할 때, 래퍼의 궁극적 목적은 청취하는 이들을 움직이는 것이다. 만일 청중을 향해 래퍼가 '우리는 모두 하나'라고 말한다면, 그것은 그 자리에 있는 이들이 '하나가 되어야 한다'는 뜻의 발화가 된다. 그들은 래퍼가 말하는 그 순간에 '하나가 되어야만 하는' 것이다. 진술적 발화의 형태를 취한다 해도 즉흥성과 일회성, 청중을 선동하려는 의도는 랩을 본질적으로 수행적 장르로 만든다. 그런데 이러한 랩을 시에 도입한다는 것은 시를 수행적 발화의 장르로 만든다는 것을 뜻한다. 단문(短文)의 확언적 발화가 많은 이승원의 시들이 발화 순간 발화의 내용을 사건화하는 수행성의 언어로 읽히는 까닭은 그의 시가 랩의 미학적 특징을 암암리에 공유하고 있기 때문이다. 다음의 시는 확언적 진술의 발화가 어떻게 문학적 사건literary event이 되는가를 보여준다.

> 시내는 항상 교통 체증이다
> 택시를 잡으려는 여교수의 안경이 얼룩진다
> 축구를 할 수 없는 청년들은
> 친구 집 차고에 모여 마샬 앰프와 워시번 전기 기타와 타마 드럼을 가져다 놓고 합주를 한다
> 유원지에는 레인코트를 입은 여자가 울면서
> 혼자 회전목마를 타고 있다
> 폭력 조직의 두목들은 호텔 스카이라운지에 앉아
> 우중 도시의 전망을 보며 협상을 벌인다
> 브레이크를 밟다가 미끄러진 모터사이클 운전자는
> 깨진 헬멧과 함께 일어날 줄을 모른다
> 〔……〕
> 화창한 맑은 날엔 리비도가 저하되는 성도착증 환자는
> 낡은 가죽 재킷을 맨몸 위에 걸치고
> 입주자들이 모두 떠난 폭파 예정인 아파트를 배회한다

밤새 벼락이 친다   ―「근미래의 서울」 부분

이 시의 문장은 어떤 상황을 재현하는 진술적 발화의 형
태를 취하고 있다. 접속어 없이 '주어＋동작동사'의 기본
문형이 연속된 이 시에서 각각의 상황은 동일 공간 내에서
동시다발적으로 발생하고 있는 사건들이다. 절제된 단문
(短文)의 연속적인 배치로 사건의 발생만을 전달하는 이
러한 형태는 이승원의 시에 자주 나타나는데, 특징적인
것은, 이 시에서도 드러나듯, 어떤 사건의 발생을 확증하
는 확언적 진술의 연속이 각각의 사건들을 파편화시킨다
는 점이다. 어떤 인과성도, 연관성도 없이, 철저하게 개
별화된 이러한 선명한 파편들의 나열은 이 세계의 상태를
우회적으로 암시한다. 북적대면서도 무관하게 흩어져 있
는 사건들, 체험들, 행위들은 이 세계가 무한히 교차하는
극도의 우발성과 제어 불가능한 복합성, 복잡성의 상태에
있으며, 내부와 외부의 분화가 없고 그것을 분간할 수도
없으며, 그로 인해 행위의 가치도 가늠할 수 없는 불명료
한 상태에 있음을 가리킨다.

그러나 시의 표면에는 그러한 복잡성, 불명확성이 가시
화되고 있지 않다. 오히려 수식어의 사용을 극도로 자제
하는 건조한 하드보일드 문체로 인해 개별 사건의 명확성
이 부각되면서 '지금 여기'의 모습이 간결하게 정리된 형
태로 제시된다. 문제는 이렇듯 정돈된 발화가 각각의 사

건에 객관적인 투명성을 보장함과 동시에 진술된 내용을 왜곡하거나 변경할 수 없는 실재로서 고정한다는 점이다. 즉 발화 순간, 개별 사건들은 불가역한 실재로서 재(再)사건화된다. 그런데 이러한 재사건화에는 아무런 인과성도, 어떠한 맥락도 없다. 그것은 단지 '말해질' 뿐이다. 발화 행위만 있을 뿐, 그러한 행위가 요구되는 까닭이나 목적, 의미, 의도를 알 수 없다 —— 가령 여교수, 청년들, 두목들, 레인코트 입은 여자, 성도착증 환자 등 많은 인물이 등장하지만, 그들이 왜 언급되는지, 다른 이가 아닌 왜 그들이 지목되는지 우리는 알 수 없다. 각각의 발화가 일의적 투명성을 갖는데 반해, 발화 전체는 역으로 불투명하고 불명료해진다. 이러한 논리적 인과성의 결여, 컨텍스트의 불명확성이야말로 세계의 복합성과 불명료성을 확증하고 강조하고 반복한다. 바로 이 지점에서 이승원 시의 진술적 발화는 수행적 발화로 전환된다. 그의 시는 이 세계의 상태, 즉 중심이 없고 불확정적이며 자기 존재의 목적성과 필연성을 상실해가는 '지금 여기'의 상황을 발화 행위 그 자체로 다시금 반복 수행한다. 사실 전달에 치중하는 건조한 문체가 개별 사례를 명료하게 만든다면, 발화 행위와 사건 발생의 동시성, 그리고 그것의 수행적 효과는 그의 시를 불명료하게 만든다.

한편 사건들의 이러한 파편적 나열에는 시인의 차갑고 냉정한 인간학이 숨어 있다. 그것은 '타자는 타자일 뿐이다'라는 명제로 요약된다. 앞의 시에서도 드러나듯, 각기 다른 사건이 동시적 지평에서 발발하지만, 그것들은 각자 나타났다 사라질 뿐 상호간에 어떠한 관계도 맺고 있지 않다. 이승원 시의 등장인물들은 서로가 서로에게 무관한 타자라는 점에서만 동일하다. 그들은 단독으로 존재하며 철저히 고립되어 있다. 그러나, 그렇다고 해서 삶에 어떤 심각한 문제가 초래되는 것도 아니다. 세상은 여전히 별 탈 없이 잘 돌아간다. 이것이 현실의 참모습이라는 점을 부인하기란 쉽지 않다. 그렇다면 '나는 타자다' 혹은 '타자는 나와 같다'는 식의 상상적 동일시가 현실의 논리를 외면한, 성급한 '긍정'의 몸짓은 아닌지 의심해볼 만하다. 적어도 이승원이 보기에는 그렇다.

'타자는 타자일 뿐'이라는 그의 명제는 인간에 대한 불신의 표명이지만, 인간을 둘러싼 환상과 허구를 불식하고 사태를 냉정하게 인식해야 한다는 자기 요청에 따른 것으로 이해된다. 공공성을 창조하는 공동체의 구성이 점점 요원해지고 있으나, 여전히 공공의 '사회'를 이루고 살아야 하는 것이 우리의 몫이라면, 바람직한 공적 연대를 위한 모색은 사실을 투시하는 냉엄한 자기 성찰에서 비롯되어야 할 것이다. 그런 점에서 '타자는 타자다'라는 이승원의 답은 무정하고 때론 비정하게 느껴지지만, 인간주의에 내포된 은밀한 나르시시즘의 패각(貝殼)을 깨뜨리고 세계를 안이하게 긍정하는 허위의식을 용납하지 않으려는 정직하고 솔직한 자기 고백이자 자기 확인이라 할 수 있다. 어쩌면 '나는 타자가 아니다' 혹은 '타자는 내가 아니다'라는, 어떤 환상이나 이데올로기도 개입되지 않은 무목적적인 자기 인정으로부터 우리는 다시 시작해야 할지 모른다. 이승원의 타자론은 우리를 그러한 출발점으로 되돌아가게 한다.

시인 이승원은 인간을 가리켜 "꽃피는 지옥"(뒤표지 글)이라고 말할 만큼 차가운 관념〔冷念〕의 소유자이다. 그러나 자기 보존의 욕망에 따라 행동하고, 사회적 반항아를 자처하면서도 궁극적으로 체제 내적인 냉소주의자와 달리, "대면한 현실을 직시하"면서 "정주(定住)"보다 "독주(獨走)"를 택하는, "세상을 향해 사제 폭발물을 투척"(뒤표지 글)하려는 차가운 불꽃〔冷焰〕의 테러리스트이다. 그의 시의 테러가 앞으로 어떠한 시적 실험을 통해 우리의 편견과 상식에 폭발을 가할지 예측할 수는 없지만, "내가 내 자신인 사실"에 당당하고, 그것이 그가 '시인'이라는 데서 말미암은 자긍심임을 직시하는 한, 그의 냉염(冷念/冷焰)은 '나쁜 새로운' 시의 길로 그를 끊임없이 이끌 것이다. 어쩌면 오늘밤에도 그는 우리의 지루한 안주(安住)를 향해 "카운터펀치(「자기소개서」)"를 날리고 있을지 모른다. 늦은 밤 창문을 열고 가만히 귀 기울여보자. 어디선가 그의 펀치 소리가 들려오지 않는가? 획획 ──, 획획 휘──익, 획획획!

나는 농담이나 거짓말이 아니다

향수가 소용없는 원숭이가 아니다

비닐 음반이 부족한 판돌이가 아니다

채굴이 끝난 폐광이 아니다

너와 네 모친에게만 통용되는 도덕이 아니다

너와 네 선생에게만 흥미를 주는 작품이 아니다

나는 매 맞는 것을 익혔다 싸우는 법을 배웠다

내가 나 자신인 사실을 결코 사과하지 않기 위해

오늘 밤 바로 너희들에게 카운터펀치를 날리기 위해

—「자기소개서」부분